ANNIBALE

DU MÊME AUTEUR

Comme une épine dans l'œil, à propos du film *La Plainte de l'impératrice* de la chorégraphe Pina Bausch, L'Arche, 2012

Afrique danse contemporaine, sous la direction de Dominique Frétard. Textes de Salia Sanou. Photos d'Antoine Tempé, Cercle d'art, 2008

Invitation Sylvie Guillem, photos de Gilles Tapie, Cercle d'art, 2005

Danse et Non-danse, vingt-cinq ans d'histoires, Cercle d'art, 2004

Mémoire vivante, collection créée par Dominique Frétard, Éditions Plume, puis Éditions Lansman, 1994-1998

DOMINIQUE FRÉTARD

ANNIBALE

LA MÉCANIQUE D'UN HOMME

roman

POINTILLÉS Belfond

Belfond | un département **place des éditeurs**

place
des
éditeurs

« Je crois qu'il y a une bonne façon de vivre et de mourir. Les gens qui peuvent faire ça, je les trouve intéressants. »

James SALTER

C'est qui, celle-là ?

Ils la suivent du regard, et c'est à chaque fois la même chose. Pas d'admiration dans leurs yeux, plutôt de l'animosité. Postés à l'angle où la route principale croise l'avenue qui conduit à la plage, assis ou adossés au mur, ils se tiennent là, comme chaque matin. Pas plus d'une dizaine d'hommes, anciens pêcheurs malmenés par la mer, visages et corps abîmés. À l'un, il manque un bras, un autre s'agite dans son fauteuil roulant. La Méditerranée est vite démontée tout autour de cette pointe extrême de l'Europe qui regarde vers l'Afrique. Ils chuchotent sur son passage des mots qu'elle ne comprend pas toujours, joignant à leurs marmonnements un geste furtif, vaguement obscène. Entrejambe. Bouche.

Elle ne connaît aucun d'entre eux. C'est seulement la deuxième fois qu'elle séjourne dans ce petit port andalou.

Assez vite, pourtant, elle comprend les raisons de leur manège. Ils ont appris, bien sûr, qu'elle venait à Mineras exprès pour Annibale, le peintre italien. N'a-t-il pas le même âge qu'eux, sinon plus ? ricanent-ils. S'il plaît à l'étrangère, pourquoi eux, des hommes d'ici, ne verraient pas en cette inconnue une proie à leur portée ?

C'est qui, d'ailleurs, cette femme ? On dit qu'elle s'appelle Deva. C'est un prénom, ça ? Peut-être que l'Italien l'entretient. Ils se réjouiraient qu'il claque son argent pour cette créature. Mais Annibale n'est pas riche, ils le savent, tout se sait dans le village.

Un jour qu'elle rentre du marché, encombrée de figues fraîches, de jambon noir, avec des bottes d'œillets rouges aux pétales laciniés à l'excès qu'elle aime tant, celui qui porte un foulard noué au-dessus de l'oreille, façon pirate, lui crache : « Passe avec tes yeux de sorcière. » Elle reconnaît le mot *bruja* et rit qu'il la traite de sorcière. Pas eux.

Annibale l'Italien ? Tous le connaissent à Mineras. Son arrivée parmi eux a coïncidé avec le tournage du film *Lawrence d'Arabie*. Quand, il y a presque quarante ans, le réalisateur britannique David Lean et son armée de techniciens prennent possession du village, déployant en un temps record sur les immenses plages tentes et containers remplis à craquer de matériel et de réserves de toutes sortes. De quoi tenir un siège de plusieurs mois. Cet envahissement subit avait laissé les habitants éberlués.

Oui, c'est ça, c'est bien en 1962 qu'Annibale est repéré une première fois. L'année du grand chambardement dont le récit se transmet de génération en génération jusqu'à aujourd'hui. Deux cent cinquante personnes, certains disent trois cents, qui s'établissent du jour au lendemain dans un Mineras déserté par ses hommes et par ses femmes pour cause d'absolue pauvreté. Ceux qui sont restés sont embauchés à la construction des décors, quelques-uns ont même été enrôlés comme figurants. Tous sont mobilisés pour apporter leur aide, car il n'y a ni eau ni électricité. Quand on crève de faim, Hollywood et ses millions de dollars, en inversant la fatalité, accélèrent le destin, peuplent les esprits de rêves et de chimères.

Pas étonnant que les habitants aient cru qu'Annibale était dans le ciné. Blond aux yeux bleus, athlétique, il intrigue les filles. Puis très vite, loin du centre, aidé d'un maçon malin, il se met à construire sur le sable une maison dont il a conçu les plans. Pour ce travail physique, difficile et patient, il se fait respecter, à défaut d'être accepté. Il ne ressemble en rien aux hommes d'ici. Malgré les années qui se sont succédé, il est resté à l'écart.

Si l'Italien n'a pas quatre-vingts ans, il en approche. Alors pourquoi lui, l'Annibale, et pas eux ? C'est ce désir envieux que ces hommes du village manifestent avec leurs mots et leurs bruits mouillés, qu'ils reprennent à tour de rôle. Des manigances qui soudain rappellent à Deva sans qu'elle sache pourquoi la comptine qui rythme le jeu du furet : « Il court, il court, le furet, le furet du bois, mesdames… » À l'origine, une contrepèterie qui aurait visé un prélat prompt à consoler ses confessées – « Il fourre, il fourre, le curé » –, avant de devenir un jeu d'enfants.

Ces hommes, qui la regardent passer, s'excitent de leur vindicte collective. De l'impuissance qui les soude l'un à l'autre, pareille à une tournante sans pénétration. Pourquoi l'Italien, et pas eux ?

« Quand les vieux en ont-ils fini avec ce qui les démange dans le pantalon ? » s'interroge Deva.

Annibale lui apportera quelques réponses, dont certaines la surprendront. À un homme de presque quatre-vingts ans qui se donne et s'adonne de nouveau au plaisir après avoir arrêté depuis longtemps toute activité sexuelle, il faut du courage. Ou beaucoup de sentiment. Mais est-ce l'amour qui le réveille et l'émerveille ? C'est beaucoup plus compliqué, et tant mieux, car Deva aurait eu horreur d'une histoire sucrée. Annibale va se révéler un redoutable stratège. Et pas seulement en amour.

C'est lui le héros principal de ce récit. Et Annibale avec un *e* final parce qu'il est italien.

La colère de Sam Spiegel

Si Sam Spiegel n'avait pas piqué une grosse colère un an auparavant, jamais Annibale ne serait venu à Mineras. C'est lui, le célèbre producteur, dernière figure omnipotente de Hollywood avec Darryl Zanuck et Sam Goldwyn, qui a la responsabilité du tournage de *Lawrence d'Arabie*. Dans les bureaux de la Columbia, il a beau faire et refaire les comptes, le budget explose. Il est furieux. Selon lui, David Lean serait hypnotisé par la splendeur du désert jordanien à en perdre la notion du temps. Capable d'attendre pendant des heures qu'une lumière s'obscurcisse, qu'un nuage change de forme, qu'un aigle passe et repasse. Quarante-cinq minutes de pellicule ont été mises en boîte en un peu plus de trois mois, exactement en cent dix-sept jours. Stop, décrète le producteur, qui s'inquiète, non seulement de la lenteur du réalisateur, mais tout autant du manque de sécurité de la région, une constante dans cette partie du monde. David Lean se rebelle. Sur les contrats pourtant il coproduit, mais aucune discussion possible, Spiegel délocalise de force le tournage et envoie des hommes mettre en caisses le matériel. Une équipe de repéreurs, rompue à l'exercice, a déjà sélectionné les décors qui permettront d'enchaîner sans raccords et à moindres frais.

Eh oui ! Sur la carte du monde, Sam Spiegel, tel un dieu tout-puissant, a pointé le doigt sur le nom de Mineras, adoubant des kilomètres de plages vierges, de montagnes décapées par les vents. Répertorié par les géographes comme « unique désert aride en Europe », le site répond à toutes ses exigences. Braquant les projecteurs du cinéma sur ce village minuscule, il en scelle le destin. Et par ce geste même décide de la vie future d'Annibale. Mais ça, il ne le saura jamais, et l'aurait-il su qu'il s'en serait fichu éperdument. Seule l'obsède la production du film, seule le préoccupe la capacité des gens du cru à se mettre au service de sa grandiose entreprise cinématographique. Ainsi, ce Diego qui organise des séances de cinéma ambulant dans la région, quel débrouillard, celui-là, capable de régler n'importe quel pépin technique.

Comment Annibale s'est-il retrouvé mêlé à ce tournage ? Est-ce pur hasard ? Si on veut. Roberto, son ami pour la vie depuis qu'à vingt ans ils ont combattu ensemble en Libye au début de la Seconde Guerre mondiale, lui a proposé de descendre au fin fond de l'Espagne dans sa vieille Traction Citroën. Annibale, qui s'ennuie, accepte, ça ou autre chose, tout lui est égal. Roberto, lui, est autrement motivé, la jalousie le presse. Sa maîtresse, une comédienne, a été choisie pour jouer une figurante lors d'un casting à Cinecittà. Cette jeune femme qui fait courir Roberto se prénomme Zefirella et son fessier se balance comme dans les songes. Sans nouvelles de son amoureuse, il veut aller la surprendre.

Aux prises avec *Lawrence d'Arabie*, David Lean n'est pas n'importe quel cinéaste. Aux côtés de Spiegel déjà, il vient de triompher avec *Le Pont de la rivière Kwaï*. « Hello, le soleil brille, brille, brille. » Pour ce nouveau film, les deux associés veulent une musique qui aura, elle aussi, cette faculté d'entrer dans les têtes et de n'en pas ressortir, quel que soit le pays, quelle que soit la culture. Après bien des atermoiements et essais infructueux, Spiegel la confie à un musicien de trente-huit ans, un Français assez beau garçon – un peu Galabru, beaucoup Richard Burton –, par ailleurs disciple d'Arthur Honegger et proche du Théâtre national populaire de Jean Vilar. Cet oiseau rare s'appelle Maurice Jarre. Séduit mais sous pression, le producteur lui octroie six semaines pour écrire la partition. Spécialiste des ondes Martenot, qu'il accompagne de violons d'une nostalgie à pleurer, le compositeur, très à l'aise avec le lyrisme du réalisateur, remporte le pari au-delà de toute espérance, offrant au film une musique à dimension planétaire qui lui vaudra son premier oscar. En s'installant à Los Angeles, Jarre devient un artiste incontournable du cinéma américain.

Toujours avec David Lean, il gagnera deux autres oscars qu'il recevra pour le très fameux *Docteur Jivago*, puis pour *La Routes des Indes*.

Un même flair préside au choix des acteurs. Car qui connaît Peter O'Toole, retenu pour incarner le héros ? Qui a déjà entendu parler d'Omar Sharif ?

Pour en revenir à Annibale, aucune hésitation, c'est au début du mois de juillet 1962, peut-être même fin juin, qu'il arrive à Mineras. Les hommes qui regardent passer Deva ont bonne mémoire. L'Italien a bien le même âge qu'eux. Mais non, il est plus vieux, c'est du moins ce dont ils veulent se persuader. Bisque bisque rage !

Une enquête autour du film Lawrence d'Arabie

Qui tire les ficelles de ce récit ? C'est Deva. Enfin, c'est ce qu'elle croit. Après une ou deux années à Mineras, parce que les conversations y reviennent toujours, elle décide de mener l'enquête. Tant l'intrigue l'influence quasi magique exercée par *Lawrence d'Arabie* sur l'existence des habitants et l'identité du village. Elle interroge, elle prend des notes qui partent dans tous les sens, rebondissent les unes sur les autres. Souvent ce sont les enfants des témoins qui rapportent ce que les pères ont vécu. Et même s'il existe quelques archives, le temps a passé. Quant à Annibale, dont l'aide aurait pu se révéler essentielle, il évoquera plutôt ces années révolues à travers des récits personnels qu'il semble inventer au fur et à mesure. La vie des autres ? Il ne serait pas exagéré de préciser qu'il s'en contretape.

Seule la sienne lui importe. Elle est son blason, son étendard.

La vérité guide-t-elle Deva ? Disons-le tout de suite : c'est non. Elle préfère de loin saisir au vol ce qu'elle entend des uns et des autres, avancer par associations, acceptant hasard, incertitudes et contradictions, sachant à quel point l'esprit de logique est déjoué par les faits. Assemblant des éléments disparates, elle cherche l'imprévisible qui les ferait tenir ensemble, consciente que tout doucement apparaît derrière les mots quelque chose dont elle n'avait aucune idée. Quelque chose qui a pris l'allure de ce qu'elle aimerait nommer une fantaisie andalouse, sorte de *zarzuela* mêlant cinéma, roman, peinture, histoire et guerres.

Avec au centre la truculence d'Annibale, indissociable de son village, tant il est vrai que le thème de chaque récit est dicté par le lieu où il se produit.

L'ensorcellement de Mineras peut-il s'expliquer par la seule magie du cinéma ? Alors Deva suit toutes les pistes, répertorie ceux qui ne feront qu'y passer, tandis que d'autres reviendront régulièrement dans ce village, y bâtiront des maisons. Parmi eux, il y a David Lean, le réalisateur, bien sûr, et sa maîtresse Barbara, qui est la scripte du film. D'autres membres éminents de l'équipe, à commencer par Eddie Fowlie, génie en effets spéciaux et trompe-l'œil, décident même d'y vivre à l'année. Quant à Omar Sharif, il reviendra pour le bicentenaire de Mineras et sera reçu en chef d'État.

Il y a même Ava Gardner, splendide et désespérée, qui s'invitera sur le tournage en voisine, puisqu'elle vit désormais à Madrid.

Qui dit Ava Gardner dit Hemingway. Qui dit Hemingway dit écrivains étrangers, attachés à cette Espagne si différente du reste de l'Europe, principalement des Anglo-Saxons du siècle passé qui, après avoir témoigné de la Première Guerre mondiale, suivirent la guerre civile espagnole de 1936 en tant qu'observateurs, journalistes, quelques-uns en combattants. Tous étaient sur place quand éclata la Seconde Guerre mondiale. Tous, à la fois écrivains et correspondants de guerre.

Se mêle aussi le souffle des romanciers espagnols contemporains, à la tête desquels Jaume Cabré et son extraordinaire *Confiteor*, une bible pour comprendre comment pendant près de quarante ans la dictature fasciste de Franco a infiltré la société jusque dans ses fondations. Jusqu'à aujourd'hui.

Beaucoup d'autres personnages apparaîtront. Surgis du passé ou toujours bien vivants, ils traversent le récit et nous font signe, tel le magnifique torero Luis Dominguín. Ou encore le plasticien Julio Le Parc, qui depuis la fin des années 1960 continue à venir dans sa maison de Mineras.

Gens célèbres ou anonymes, fous ou sages, tous font connaître directement ou indirectement quelque chose de la vie d'Annibale. Et Deva a fort à faire. Ce qu'elle collecte se développe en larges cercles concentriques qu'elle resserre autant qu'elle peut. Derrière la fantaisie andalouse, elle sent poindre un autre récit qui à son tour tente de se faire entendre. Pareil à un roman d'apprentissage, qui ne serait pourtant pas une initiation à l'âge adulte comme c'est l'usage, mais une initiation à la vieillesse. Dont l'Italien serait le modèle et le centre.

Et si c'était là le cœur masqué de ce qui me lie à Annibale ? se dit-elle.

Annibale et Deva

La mécanique des vieillards, s'interrogeait Deva. Avec Annibale, elle explore un monde qui l'attrape à contre-pied. Pas facile pourtant d'étonner Deva. Mieux vaudrait écrire « la mécanique du vieillard », car elle n'a pas la prétention de savoir pour les autres. Les spécialistes la barbent, les généralités aussi. Ses deux dernières liaisons n'ont pas été de tout repos – l'une avec un garçon étranger qu'elle rencontre quand il a vingt-deux ans et elle trente-six, l'autre avec un homme de son âge, qui buvait trop. Deux relations amoureuses auxquelles s'ajoutent les aventures fortuites, souvent à fort degré érotique, survenant au cours de ses nombreux voyages de travail. Elle a toujours aimé les inconnus. Ou plutôt : l'inconnu est son moteur. Et si elle freine désormais ce goût des rencontres et du hasard, c'est qu'elle déteste la monomanie chez les autres, et par conséquent se méfie de la sienne. Était-elle pour autant prête à être captivée par un homme de bientôt quatre-vingts ans ? Le grand écart des âges, qu'elle n'a jamais recherché, ne l'effraie pas, cependant là elle pressent un danger, celui de basculer dans la vieillesse avant l'heure. Non merci, se dit-elle, pas pour moi. Et pourtant elle se lance, consciente sans pouvoir le formuler du risque de cadenasser son libre accès aux hommes en général, comme si Annibale incarnait une borne, l'expérience extrême. Un point de non-retour.

Deva, très vite, doit faire face à une réaction qu'elle ne soupçonnait pas. Qu'une jeune fille s'éprenne d'un homme plus âgé, c'est presque touchant, et si banal, ce désir d'apprendre la vie auprès d'un être plus expérimenté. Mais qu'une femme dans la quarantaine s'affiche sans complexe avec un vieillard, aucun doute à avoir, elle chasse l'héritage. Et chacun dans le village s'interroge, les médisants se délectant des fausses nouvelles qu'ils propagent avec aplomb.

C'est certain, Deva n'a rien d'une mère de famille, encore moins d'une épouse. Mariage, enfants, elle a tout frôlé mais n'en a jamais eu envie pour de vrai. Et s'en félicite chaque jour. Brune avec du roux dans ses cheveux, couleur naturelle bizarre, des yeux tirant sur le havane, elle paraît plus grande qu'elle n'est, se tenant droite sans rigidité. Elle a des dents très blanches, il lui suffit d'ouvrir la bouche pour faire croire qu'elle sourit. Son principal avantage est d'avoir un peu plus d'énergie que la moyenne. Bref, elle travaille trop et le sait. Peut devenir fatigante et parfois même se transformer en girouette tourbillonnante. Annibale, lui, tient du bélier – c'est aussi son signe astral : j'agis, donc je pense. Cultivant l'un et l'autre l'art de la surenchère permanente, ils allaient s'entendre, s'étonner et s'épuiser à tour de rôle.

Mais qu'on ne s'y trompe pas, c'est Annibale le héros de ce récit.

Deva est là parce qu'Annibale l'aime. Et qu'elle se laisse aimer par lui. La manière qu'il a eue de la happer dès le lendemain de leur première rencontre prouvait que l'homme avait encore du jus et qu'il était pressé, au point qu'il arrivait qu'elle eût peur de la véhémence de ce désir resurgi. Les hommes plus âgés qu'elle, elle n'en avait eu ni la tentation ni la curiosité. Autant de raisons qui vont concourir à donner une chance à leur face-à-face. Lui va compenser la différence d'âge par sa connaissance des très jeunes femmes qui ont jalonné sa vie. Amoureux de Deva, il voudra très vite l'épouser. Des épouses, il en a déjà eu trois. La seule avec laquelle il ne s'est pas marié est la mère de son fils, une « terrible communiste », a-t-il l'habitude de rugir à chaque fois qu'il l'évoque.

C'est fragile, un vieillard, croyait Deva. Elle avait tort. L'âge ne l'a ni amoindri ni abattu. Quand elle s'éloignera de leurs jeux sexuels, il mettra au point des stratégies et ne reculera devant aucune pour la ramener dans sa sphère. Mentant plus qu'à son habitude, inventant des histoires capables de faire survivre entre eux la volupté des débuts. Joueuse, stimulée par l'inattendu, elle mise sur lui. La libido prend des chemins obscurs, ça, elle le savait, c'est ce qui l'attira. Et même l'excita.

Pendant dix ans, elle va plonger par intermittence dans la vie du vieil homme. La maison d'Annibale, les paysages, les climats, tout ici a son importance. Il y a des vents trop chauds, des vagues trop hautes, inquiétantes. La Méditerranée impérieuse dicte ses caprices dans cette région au débouché oriental du détroit de Gibraltar. Annibale et Deva possèdent des caractères qui s'enflamment l'un à l'autre. Tout de suite, ils font de leur attraction un bras de fer. Il l'aime. Elle ne peut se passer de sa personnalité extravagante, quasi forcenée. Et si infantile. Mineras devient son repaire. À l'abri dans la maison d'Annibale, elle est chez elle.

La maison magique

Si le 19 septembre 1999 il n'avait pas plu, jamais Deva n'aurait rencontré Annibale. Avec une amie surnommée Suze, elle passe des vacances à Mineras. Tout leur est étranger et tout leur plaît. Elles ont loué un bungalow sur le sable. Une mer superbe. Personne. La paix sur terre. Les oursins, juste pêchés, mangés debout, les pieds dans l'écume des vagues, sous le soleil trop fort. Quand arrive leur dernier jour dans ce petit port de pêche, une pluie tiède, violente, les décide à déjeuner au village. Sur le chemin du retour, la mer a noirci, le vent fracasse les palmiers, Deva, afin de s'abriter des trombes d'eau, ne longe pas le rivage comme elle en a l'habitude mais suit son amie au plus près des maisons qui bordent la plage.

Suze s'arrête devant l'une d'elles, elle en a déjà parlé plusieurs fois à Deva, lui rapportant notamment une scène au cours de laquelle un homme chassait d'une voix furibonde des touristes, apparemment entrés chez lui sans y avoir été invités.

« C'était un couple d'Anglais, rouges de soleil, ils avaient beau prendre la chose en rigolant, ils obéissaient sans même discuter », lui avait-elle raconté, reconnaissant qu'elle-même avait eu envie de se glisser en douce dans cette maison quand elle avait aperçu d'étranges mobiles parmi un fouillis de plantes suspendues et de lianes ondulantes.

Deva partage maintenant la curiosité de son amie. De longs visages sculptés dans la pierre encadrent le mur de façade. Entre le rez-de-chaussée et le premier étage, un ensemble de mosaïques forme une arche au milieu de laquelle, juste au-dessus de la porte en bois cloutée à l'ancienne, trône un cadran solaire, surmonté d'une série de peintures de visages d'enfants, de femmes longilignes et de motifs floraux à foison. Et tout à gauche, sous une bougainvillée rose vif, fluorescents dans la nuit, deux bonshommes inquiétants, taillés dans des bois flottés, tout enguirlandés de lumières clignotantes. À leur pied, en guise d'identité, a été placée une plaque de voiture, immatriculée en Italie. À Turin, précisément.

Deva s'approche pour lire quelques lignes écrites sur une céramique, apposée à gauche de l'entrée. Il s'agit d'une mise en garde sur la nécessité faite à celui qui franchit le seuil d'abandonner les conversations sur la politique et sur le foot, spécifiant que les femmes silencieuses sont les bienvenues. La loi du maître des lieux édictée avec un machisme si enfantin la fait rire autant qu'elle l'agace. Cette pancarte ressemble aux avertissements que les petits placardent à l'extérieur de leur chambre pour en interdire l'accès aux adultes. Malgré la pluie, la porte est ouverte, une planchette en barre l'entrée. Deva se penche et regarde sur sa gauche. Elle voit une énorme masse de cheveux blancs, raides comme des épingles. Une tignasse. L'homme est en train de dessiner.

« Mon amie trouve votre maison très belle, dit-elle en français.

— Entrez, si vous avez des jambes assez hautes », lui répond l'homme. Il a levé le nez une fraction de seconde, puis est retourné à son ouvrage. Deva fait signe à Suze, qui se tient en retrait. L'une après l'autre elles enjambent la planche. Elle comprendra plus tard qu'Annibale, comme les enfants, ne pouvait s'adresser aux autres qu'en termes de défi, t'es cap' ou t'es pas cap', même pour quelque chose d'aussi insignifiant qu'une planche à franchir. Cet obstacle avait pour fonction d'empêcher un sloughi feu follet de s'échapper. L'homme gardait ce très jeune lévrier des sables en attendant que son fils vienne le récupérer, un fils nommé Paolo mais qu'il avait surnommé « Pao », sorte d'aboiement retentissant pour appeler l'enfant quand il jouait trop loin sur la plage, enfin, c'est ce qu'il explique à Suze et à Deva, tandis que le chiot couleur miel, déjà haut perché sur ses jambes fragiles, cabriole autour d'elles en jappant. L'homme s'exprime dans un français impeccable, roulant les « r » jusqu'à la suffocation, comme s'il parodiait son accent italien. Originaire du Piémont, à une demi-heure au-dessus de Turin, il a tout d'un rude à cuire.

Très vite, il parle de lui, dit qui il est. Le droit d'entrer, c'est aussi l'écouter. Là, il est bien tombé avec Deva. Elle est saisie par ce qu'il raconte et tout ce qu'elle découvre de sa maison. Il adore sa terre natale, la neige, le ski, évoque son enfance de petit orphelin, élevé par une grand-mère richement entretenue qu'il n'hésite pas à qualifier de « grande pute » avec affection et fierté. Tandis qu'il continue à évoquer quelques épisodes de sa vie, elles regardent tout autour d'elles, posent des questions. Chacune de ses réponses les fait rire.

S'il fallait dresser un inventaire de ce que voient Suze et Deva, il ressemblerait à ce qui suit :

Des mobiles de poissons et de lunes.

Des parois translucides peintes de volcans et de fleurs en expansion tels des champignons atomiques.

Un ange doré planant dans les airs.

Un oiseau qui bat des ailes si on tire une ficelle.

Là, des dizaines de fers à repasser de l'ancien temps, ailleurs quarante vases de haute taille, tous identiques, tous peints dans des couleurs primaires. Des éventails, des statuettes à l'air chinois, des plats très andalous, des assiettes précieuses, rafistolées.

Un autre mobile s'équilibre avec Ken et Barbie très mal en point, deux éclopés vêtus dans le style *Star Wars*.

Une Vierge dessinée avec des pierres au reflet profond, des grenats qui, explique Annibale, se ramassent toujours à la surface de la terre volcanique, à quelques kilomètres de là.

Une cheminée imposante sur laquelle sont posées d'énormes pièces en bois doré chantourné, flanquées de chaque côté de chandeliers d'église qu'il avoue sans aucune honte avoir chapardés dans les chapelles laissées à l'abandon au fin fond des vallées piémontaises désertées.

Des frises sculptées dans le genre gallo-romain retracent des moments de la vie quotidienne. Parmi elles, des scènes de chambre à coucher, le soir, l'homme et la femme, debout, emboîtés l'un dans l'autre.

Et, partout aux murs, des tableaux de toutes tailles. Certains semblent contenir de précieuses reliques. Deux aquarelles de très bonne facture. Deux télévisions dans un coin, placées chacune devant un large fauteuil de cuir. Deva apprendra plus tard qu'un fauteuil est attribué à Annibale, l'autre à son petit-fils aîné.

C'est dans cette pièce immense qu'il dort. Seul son lit, une couche spartiate recouverte de coussins qu'il a lui-même cousus, comme il le précise, tranche dans cet univers de jungle.

Vers l'intérieur, les deux visiteuses débouchent dans un patio couvert, très haut de plafond. Un bruit d'eau les accueille. Parmi les roches empilées qui donnent sa forme à la fontaine, il y a une femme, petite, gracile, qui laisse échapper de ses jambes écartées le jet rafraîchissant que l'on entend. « C'est la femme qui pisse », constate leur hôte, sans écouter les habituels commentaires auxquels se livrent, comme il se doit, les deux amies.

Un arbre pousse là. Ses racines soulèvent le carrelage et sa cime s'échappe par un large trou ménagé dans le toit. Un amandier peut-être, couvert de boules et de lumières allumées.

Accrochées au mur, plusieurs horloges font semblant de donner l'heure des grandes métropoles du monde, mais aucune ne fonctionne.

Sur une vaste étagère les formes rebondies de dames-jeannes ont été habillées des différentes culottes oubliées chez l'artiste, du string au tanga, des bas de maillot aux slips en dentelle. Deva, le regard en éveil, remarque que certaines lingeries sont couvertes de poussière, d'autres un peu moins.

Des bibliothèques contiennent des livres rares qui côtoient des romans abandonnés par les amis de passage.

Placé en hauteur, obligeant presque à renverser la tête, un tableau l'attire. Elle y discerne des hommes et des femmes aux seins en forme de poisson. Des corps blanc verdâtre, ou couleur écrevisse. Un homme porte à bout de bras une fleur bien raide sur sa tige, un second une fleur fanée qui pendouille. Une femme dont on ne voit que la main aux ongles rouges agite, à la droite du tableau, une culotte d'un rose alléchant. Sorte d'allégorie du petit monde de la plage, entre désir et vulgarité, vision grotesque des chairs surabondantes et des différents appétits qu'enflamment les corps presque nus. C'est une œuvre d'Annibale. Pas un instant il n'a eu l'air concerné par l'attention que Deva lui porte.

« Vieille toile », dit-il pour tout commentaire. Elle n'insiste pas. Elle regarde. Elle ne fait que regarder. Là où certains ne verraient que lubies d'un homme trop longtemps isolé, Deva, elle, prend plaisir à se promener dans ce monde féerique, tellement saugrenu.

Conteur-né. Enjoliveur de la réalité. Et fier de lui. Depuis le temps qu'il vit à Mineras, il a fait de cette maison à la façade si singulière une mise en scène éclatante de sa vie, changeant au gré de sa fantaisie l'ordre des éléments, des décors et des personnages. Il y invente chaque jour un théâtre dont il est l'unique acteur. Tour à tour, il joue sa mère, son père qu'il n'a jamais connu, sa grand-mère qui l'a élevé, ainsi que chacune de ses femmes et épouses, dont il campe le caractère avec un ou deux détails étourdissants de drôlerie.

Annibale est un peintre revenu de tout qui n'aime ni les peintres ni la peinture. Il crée des objets avec tout ce qui lui tombe sous la main. Couvre de fleurs les mantilles qu'il brode pour les filles du village, coquettes, pressées de lui confier leurs affaires de cœur. Décore leurs chaussures de flamenco et customise, bien avant que ce ne soit la mode, les faux jeans Diesel qu'elles achètent au marché. Foulards de soie et nappes aux motifs andalous et abstraits s'entassent sur une immense table de couture. Sans oublier les contes pour enfants qu'il écrit et illustre. Dans son atelier règne un ordre inattendu. Chaque outil a sa place, et des outils, il en possède plus que n'importe quel professionnel. Il a lui-même construit un four qu'il a installé face à une presse à gravure. Ses mains sont capables d'une extrême minutie. Il coud à tout petits points, roulotte, surfile et coupe à grands coups de ciseaux des vêtements de poupée.

Lors de cette première visite, Deva se laisse envahir par la force d'une maison dans laquelle un homme projette son passé dans son présent immédiat en un recyclage permanent du temps et de l'espace, des idées et de leur incarnation. Cet homme-là n'a pas attendu les théories actuelles sur la nécessité de réinventer sa vie, etc. Il agit en artiste à chaque instant. Il est si moderne, s'étonne-t-elle. Elle rit d'imaginer la transplantation du lieu, sous la forme d'une installation, dans les sous-sols du palais de Tokyo, à Paris. Quelque chose comme « Annibale, un Piémontais en Andalousie – la dimension planétaire de l'intime ». Enfin, un titre de cet acabit. En insistant sur le côté anthropologie contemporaine. Bien sûr.

Azucena, jeune femme du village

Je m'appelle Azucena. J'ai assisté à tout. J'étais là quand elle a franchi le seuil de la maison d'Annibale, bien que personne ne m'ait vue. Annibale et Deva m'ont dégourdie. À force de les regarder, j'ai pris goût moi aussi à mettre en scène la vie quotidienne pour la rendre plus excitante. Sur ce point, ils s'entendaient comme des jumeaux, aimant l'excès et l'exagération en tout. J'ai vu ce qui s'est passé entre eux, et à certains moments, trop. Et ce que j'ai surpris a en partie changé ma vie. Je venais d'interrompre mes études aux Beaux-Arts de Grenade. À mon retour au village, Annibale avait mis à ma disposition l'atelier du premier étage ; en échange, je lui faisais une ou deux courses, lui préparais un repas.

Deva, je l'appelle « elle », comme Annibale en avait l'habitude. Elle aimait bien aussi qu'il l'appelle « fille », ça la faisait rire, bien qu'elle ne semble pas vraiment en manque de père. Même pas du tout.

Le jour où Annibale l'a rencontrée, je suis entrée chez lui par la porte arrière, qu'il laissait ouverte, comme je le fais à chaque fois que je passe pour demander s'il a besoin de quelque chose, ou juste discuter. J'aimais aussi venir sans raison. Annibale, c'est quelqu'un dans le village.

Alors que j'avançais dans la maison, c'est sa voix à elle qui m'a arrêtée. Une voix qui veut tout mais se fout de ne rien obtenir : « Mon amie trouve votre maison très belle. » Une banalité que profèrent tous ceux qui entrent chez lui. Alors pourquoi elle ? J'ai mis un certain temps à me rendre compte que sa force était de ne rien vouloir d'un homme. Elle a tapé dans l'œil du vieux, c'est tout. Trente ans de différence entre eux, quand même. Lui, je l'ai vu se défendre d'elle comme le guerrier qu'il était resté. Elle ne lui passait rien. Il a rajeuni en une nuit.

C'est vrai, j'étais aux premières loges. Et comme tous les amoureux, Annibale me faisait des confidences, il fallait qu'il parle de ce qui l'obsédait. Entre le jour où il l'a rencontrée et le jour où elle est revenue le voir, trois mois avaient passé. Pendant ces trois mois, j'ai assisté médusée à tout ce qu'il imaginait pour elle. Des dessins, des lettres, des sculptures. Je pouvais regarder si j'avais envie. Il vivait un présent immédiat. Allait de son atelier à sa table de travail, partait en courant acheter des couleurs ou du fil de fer et chaque jour sautait dans sa voiture pour arriver avant la fermeture de la poste. Car chaque jour il lui envoyait quelque chose qu'il avait fabriqué, peint ou écrit.

Annibale, je le connais depuis toujours, c'est lui qui m'a appris à dessiner. Mon frère est allé en classe avec son fils Pao, qui a été élevé au village avec nous jusqu'à ses onze ou douze ans, je ne sais plus. Elle et moi, ça n'a jamais été l'amour fou, mais on discutait souvent. Elle était directe, drôle, et adorait balancer des mots choquants, grossiers. Elle m'a appris plus tard à quelle occasion et sur quel ton les utiliser. Il y a un art de la grossièreté, me disait-elle. Dès le début, elle m'a même laissé entendre que ce n'était pas la peine que je vienne quand elle était là. Mais comme elle apportait à chaque fois du travail dans ses valises, elle appréciait que je me charge parfois du ravitaillement. Il lui fallait du jambon, toujours le meilleur, et du champagne espagnol. Elle aimait notre *cava*. Si elle avait des défauts, ce n'était pas celui d'être snob. Quand ses compatriotes criaient haut et fort que notre bibine n'avait « rien à voir avec le merveilleux champagne français », elle, elle s'en régalait. Ou alors j'allais acheter des côtes d'agneau chez Bepe, le meilleur boucher du monde selon elle, de toutes petites côtelettes, bien goûteuses. Elle trouvait que même le gras avait le goût du paradis. Là, je la cite. Et pourtant son obsession était de ne pas prendre un gramme. Elle était persuadée qu'à son âge, ou on acceptait de devenir une grosse ou on faisait gaffe à la nourriture. Elle savait être heureuse, à condition de ne pas se sentir serrée de trop près. Un pari difficile à tenir pour un homme amoureux comme l'était Annibale. Il était tellement sûr et certain qu'elle viendrait vivre avec lui.

Un job de semi-liberté

Le travail qu'exerce Deva a-t-il eu son importance dans la rencontre avec Annibale ? Au moment de le quitter, elle était restée évasive, ne lui donnant qu'un simple numéro de téléphone. Pour Deva, cette maison est une œuvre. Elle ne ressemble en rien à celle d'un autodidacte qui bâtit un palais délirant par accumulation de coquillages ou de tessons de bouteille. Non, la maison d'Annibale est un concept. Elle se met à vivre quand il parle, quand il explique. Conseillère en art contemporain tant auprès de collectionneurs chevronnés – deux clients fortunés lui assurent la liberté financière qu'elle estime nécessaire – que de débutants, elle voyage beaucoup, et des maisons d'excentriques, elle en a déjà vu quelques-unes, et souvent des fort luxueuses. Celle d'Annibale ne leur ressemble en aucune manière. Face à la mer, il l'a voulue semblable à une digue qui l'empêcherait de continuer à dériver, peut-être même de couler. C'est la maison-forteresse, celle du renoncement, de l'adieu à l'artiste qu'il n'a pas voulu être, et en même temps la promesse d'un lieu ouvert où il serait possible d'imaginer, chaque jour, sur cette plage vierge, mille autres façons de créer en relation avec le paysage, les habitants, les passants, les étrangers. Bref, une maison capable de canaliser une certaine folie entêtée à ne pas vouloir être étiqueté artiste, tout en l'étant absolument.

La maison d'un misanthrope affamé des autres.

Dans son métier, Deva travaille avec ces trentenaires qui choisissent d'investir une bonne part de leurs revenus en achats artistiques plutôt qu'en vêtements et autres objets du paraître, obéissant sans le savoir au conseil dont Gertrude Stein gratifia Hemingway. Plutôt un tableau qu'un nouveau manteau. Si Internet facilite ses contacts, visiter les artistes là où ils résident reste une de ses priorités. Un rapport concret à la réalité qui lui permet de conduire des tractations deux fois plus vite que par écrans interposés. Elle souhaite ralentir son rythme après dix années intenses mais n'y arrive pas. Quelquefois elle se dit qu'elle aurait dû choisir un travail relié à l'univers de la danse, ce qu'elle avait envisagé un temps, mais n'a jamais regretté sa décision. Car, à Paris, et souvent au cours de ses voyages à l'étranger, elle a la chance d'assister aux spectacles des chorégraphes les plus intéressants du moment, mais aussi d'en découvrir de plus secrets dans les cultures non occidentales. Devenue proche de certains artistes, étonnés après l'avoir vue à São Paulo de la croiser à Mumbai, elle invite l'un ou l'autre de ses clients aux spectacles de danse où elle se rend, s'arrangeant parfois pour qu'ils soient conviés à souper avec les interprètes ; l'attrait des corps surentraînés, autant ceux des filles que des garçons, électrise soudain ces esthètes blasés qui aiment à égalité l'art et l'argent.

De temps en temps, de gros cabinets de conseil en achat d'art contemporain lui sous-traitent quelques missions en contrepartie de sommes non négligeables, mais là, top secret, elle est connue pour sa discrétion. Voilà, c'est Deva. Elle vit à des années-lumière d'Annibale. De toute façon, ce n'est pas sur le terrain artistique que leur relation s'est nouée. Ce qui les réunit d'entrée de jeu est la certitude d'une énigme à déchiffrer, tout à la fois mystérieuse et excitante par sa banalité même : pourquoi se sont-ils rencontrés à ce moment-là de leurs vies, tellement différents l'un de l'autre ? La grande question des amants. Aussi longtemps qu'ils se la posent, ils sont amoureux.

Est-ce parce qu'elle a l'impression lors de cette première visite de s'être laissé manœuvrer telle une marionnette, riant d'un rien, les yeux ronds, que Deva voudrait mettre à l'épreuve l'Italien en lui réservant la surprise d'une visite tardive ? L'homme l'attire ou plutôt la provoque. Elle aimerait savoir s'il a encore du potentiel sexuel. Elle cherche comment s'y prendre, tergiverse. C'est rare qu'elle recule.

« Tu ne vas quand même pas faire des trucs avec ce vieux croûton ? » s'est offusquée Suze, sirotant son Pastis 51. Elle a apporté dans ses bagages quelques bouteilles de sa marque préférée de peur de ne pas la trouver sur place. Elle refuse net de boire tout autre breuvage. « Suze », précisons-le, n'est pas un surnom qu'elle doit à sa boisson favorite, non, c'est un diminutif pour Suzanne, prénom qu'elle abhorre. Suze aime les femmes, personne moins qu'elle ne peut encourager cette attirance pour le vieil homme.

« Vieux croûton ? Je te souhaite d'être comme lui au même âge ! » a rétorqué Deva, choquée par l'expression. Car même habillé du short ridicule qu'il portait lors de leur visite, il garde la prestance de celui qui passe outre le regard des autres. Pour ce qu'elle sent de liberté derrière sa carcasse, Deva l'envie éperdument.

Le pouvoir d'une phrase

Annibale n'a pas dit son dernier mot. Si Deva avait eu l'intention d'aller le retrouver le soir même de leur visite, ce qu'elle ne fit pas, lui, dès le lendemain, venait les rejoindre au bungalow alors qu'elles partaient pour Grenade. À voix basse, il dit à Deva : « Je t'ai trouvée, je te garde. » Elle lui répond qu'elles sont sur le départ. Il les invite à prolonger leur séjour dans sa maison. Elle décline. Depuis quand un homme ne lui a-t-il pas adressé une phrase aussi limpide ? Elle le trouve jeune de son audace, affublé qu'il est d'une chemise à motifs rouge et violet et d'un short blanc de tennis, façon Lolita. Des affaires ayant appartenu à son fils quand il était adolescent, apprendra-t-elle plus tard. Annibale puise souvent pour s'habiller dans cette garde-robe abandonnée depuis plus de quinze ans. Ce jour-là, il est arrivé à vive allure au volant d'une jeep jaune citron. Il fallait qu'il lui dise : « Je t'ai trouvée, je te garde. » Il n'attendait pas de réponse. Avec Suze, elles prennent la route pour Grenade, mais dix minutes plus tard reviennent au bungalow. Deva a oublié à l'extérieur un sac contenant tous ses papiers. Il est là où elle l'avait laissé. Elle y voit un signe. Et reconnaît son trouble.

La puissance des chiffres

Le 19-9-1999, c'est ce jour-là qu'Annibale fait la connaissance de Deva. Il inscrit avec un marqueur à encre noire et en gros caractères sur les murs blancs de sa maison : « 19-9-1999, je renais ! » Il est amoureux fou. Auparavant, sur ces murs, il notait la taille de son fils. On voyait l'échelle des centimètres. Il y avait aussi des numéros d'urgence à composer s'il lui arrivait un problème. Mourir, par exemple. Il se passera trois mois avant que Deva aille le retrouver pour la fin de l'année. Mais pendant ces trois mois, ils s'appellent tous les jours. Il lui envoie une première lettre qui se termine sur ces mots : « Je suis fou ? Je ne sais pas. Tu as réveillé en moi un amour, une joie, un désir qui n'étaient pas morts depuis 1984, date à laquelle je me sépare de ma dernière femme, mais qui étaient morts depuis toujours. Jamais je n'ai éprouvé les sensations que j'éprouve depuis ce jour du 19-9-1999, jamais je n'ai tant écrit, jamais je n'ai même pensé écrire un livre pour une femme, jamais je n'ai eu un désir si violent pour une femme, oui, j'ai un désir physique, mais surtout celui de ta présence, de ta voix, de toucher tes mains, de regarder tes yeux, d'être illuminé par toi, de sentir la maison se remplir de ta féminité, de voir tes mains qui se posent sur les choses et qui laissent en elles les vibrations de ton esprit, de ton cœur, de ton âme. Les choses, si tu les touches, elles deviennent toi. »

Il ajoute qu'il l'aime. Trois fois de suite. Il écrit un français sentimental dans lequel subsiste le phrasé de la langue italienne.

Il sent que cette femme-là sera l'ultime. Il ne va pas s'émasculer comme Gérard Depardieu dans *La Dernière Femme*, le film de Marco Ferreri, aux prises avec l'actrice Ornella Mutti au summum de sa beauté. Quoique la scène du couteau électrique, avait pensé Deva, arrivait un peu comme un cheveu sur la soupe, si l'on peut dire. Trop vieux pour se châtrer, Annibale ? La question ne se pose même pas. Il faut être jeune pour s'automutiler, plein d'une sève qu'on refuse et qui presque dégoûte. Être en quelque sorte atteint d'anorexie sexuelle.

Il a soixante-dix-neuf ans et demi quand, ce 19 septembre 1999, son envie d'une femme relance toute une machinerie vieillissante, à laquelle se superpose celle plus mentale, enchevêtrée tout au fond de lui, de confier, enfin, tout de sa vie à quelqu'un qui saura l'entendre. Il a l'espoir que Deva soit le bon numéro.

Il bande de nouveau. Ou presque. Enfin n'exagérons rien. Pendant dix ans, il va raconter sa vie à Deva, en disant la vérité, en mentant, en omettant, en riant, en grondant, les larmes aux yeux. Elle le comprend, même s'ils s'engueulent souvent, ils n'ont pas du tout, mais alors pas du tout, les mêmes idées politiques. Leur entente n'est pas de cet ordre : il lui montre quelque chose d'elle, quelque chose qu'elle a deviné mais sur quoi elle refuse de mettre des mots. Il vit comme elle a souvent rêvé de vivre. Seulement, elle n'est pas prête. Ou elle n'ose pas.

Comme elle en a l'habitude, elle va jouer le jeu que les hommes lui proposent, ça n'engage qu'eux. Elle a appris que dire non braque l'autre. Dire oui, à l'inverse, laisse le champ à bien des combinaisons et permet d'observer comment les choses tournent.

Annibale lui parle quand elle séjourne chez lui, et quand elle s'absente, il continue la conversation à travers des livres de souvenirs, entrecoupés de déclarations d'amour, de son bonheur à aimer, si tard. Des livres qu'il fabrique exprès pour elle, mais aussi à travers les nombreuses lettres qu'il lui envoie, tout un ensemble illustré de dessins, tantôt comiques, parfois tragiques. Butin d'amour dont elle a tout conservé.

Entre Deva et Annibale, peut-on cependant parler d'amour ? Pour lui, les témoins l'attestent, elle est celle qui fait reculer la vieillesse. Pour elle, un basculement total, mais une alerte aussi. Elle découvre l'âge et ses métamorphoses. Et y lit son avenir. Une initiation qui l'intéresse plus qu'elle n'aurait cru. S'il y a danger, elle n'a pas peur.

Elle pensera assez vite qu'Annibale exprime, dans sa manière si particulière, un talent qui n'a rien à envier à celui des célébrités de *Lawrence d'Arabie*. En choisissant de consacrer son art à embellir la vie et les jours, il a construit lui-même sa légende personnelle, ce en quoi il est précurseur. Bien avant Internet, il est l'auteur de son propre réseau social, amical, amoureux, qui va se développer autour de sa forte personnalité et très vite en dehors de lui, avec des extensions qu'il ne maîtrisera plus, au point de se sentir envahi dans sa propre maison. Amis et « followers » avant l'heure vont se précipiter chez lui, surtout l'été. Et les amis d'amis, les pires parce que les vrais sans-gêne. Deva observera combien l'attraction d'Annibale, indissociable de sa maison magique, fonctionne encore. À la limite de l'abus, à mesure qu'il se fera vieux. Il n'a jamais su dire non. D'où ses colères brutales. Ses mots tranchants et ses feintes puériles.

Azucena voit ce qu'elle n'aurait pas dû voir

Quand je dis combien l'histoire entre Annibale et elle a changé ma vie, il faut que j'explique pourquoi et comment. Alors qu'elle était revenue pour Noël fêter avec lui l'an 2000, j'avais surpris Annibale, mon vieil Annibale, à quatre pattes entre ses jambes à elle. J'ai eu l'impression d'assister à un exercice de survie. Il tétait l'oxygène directement à la source. Je suis restée pétrifiée. Il grognait si fort. Le soir, chez moi, j'ai dessiné ce que j'avais vu. Ma mère voulait toujours savoir si la Française faisait des trucs avec le vieux, je me suis tue car le lendemain toutes ses copines auraient été au courant. Ces dessins, je les ai laissés reposer, ils me brûlaient, ils étaient crus. Je n'avais jamais rien fait d'aussi important. J'ai attendu avant de les envoyer par mail à un agent à Madrid, un type bien placé que j'avais rencontré aux Beaux-Arts. Toujours à la recherche de talents, il venait une à deux fois par an prospecter et m'avait signifié qu'il voulait suivre l'évolution de mon travail. Dix jours plus tard, l'agent me téléphona qu'une maison d'édition me commandait des illustrations.

Le conseiller littéraire avait beaucoup aimé mon coup de crayon. Un intellectuel, je parie !

Ce qui m'a confondue, c'est qu'elle revienne le voir avec l'envie d'avoir du sexe avec lui. De toute façon, elle a toujours envie de quelque chose. Elle est épuisante. Et c'est lui qui le dit, qui pourtant s'agite sans arrêt. Avec elle, tout va changer dans la maison.

Brefs échanges épistolaires

De retour à Paris, Deva est bombardée de présents. Chaque jour, un colis l'attend à la poste. Au téléphone, il lui parle d'amour. Pour rétablir l'équilibre, elle lui répond sexe. Elle entend ses silences, sa respiration qui feule. Évoquer une chatte rasée l'exalte et l'entraîne illico presto à faire ce qu'il appelle « la petite chose pour toi ». « Je voudrais la caresser, la lécher, sucer tous les sucs et les merveilles. Si aimer porte à faire "ça" alors vraiment je n'avais jamais aimé. » Que veut dire ce « ça » qu'il ne nomme pas ? Il écrit à Deva qu'il ne pense plus qu'à « ça ». Qu'il en a presque honte. Qu'il en devient comme fou, obligé qu'il est d'interrompre ses activités tant l'envie de se donner du plaisir est impérieuse. À l'écouter, il ne se serait jamais masturbé avant. L'amour qui le surprend si tard, l'excitation du désir l'agitent avec démesure. Est-ce le décalage des âges ? Annibale tient des propos qui pourraient être ceux d'un puceau. D'un homme mal déniaisé.

Deva est perplexe. Pour elle, une relation où le plaisir, axe majeur de la vie, n'occupe pas une place centrale n'est pas envisageable. Elle n'aime ni les arrangements ni les simulacres que les couples s'infligent par angoisse de rompre, même si elle n'a jamais cohabité avec un homme. Si, deux fois, mais pas plus de six mois. Rien ne lui a plu. Alors évidemment, avec un Annibale qui imagine l'épouser, la partie s'annonce mouvementée. Elle le sera pour lui, et tout autant pour elle.

Longue descente vers Mineras

Année 1962, vers la mi-juillet, Annibale et Roberto, l'ami qui l'a embarqué dans ce voyage, roulent vers Mineras. Ils ne savent rien de ce village andalou. Annibale a juste retenu qu'il était situé au Cabo de Gata. Le cap de la Chatte, avait traduit Roberto. Le nom a plu à Annibale, l'a décidé à partir. Connotation érotique qui le distrait, mais surtout destination lointaine. Son deuxième mariage a périclité, il a tout fait pour et s'en vante. À cette époque-là, il se tient exprès à l'écart du marché de l'art, qu'il déteste et méprise, on verra pourquoi. Toujours installé dans le village qui l'a vu naître au-dessus de Turin, il tente seulement de survivre. Il sent qu'il doit bouger, il vieillit. Alors Mineras ou ailleurs, il est prêt à tout, et surtout à fuir. Et puis il a toujours aimé conduire.

Vingt ans plus tôt, les deux hommes étaient envoyés en Libye afin de combattre auprès des troupes de Rommel contre les Alliés. Cette guerre du désert a cassé net leur jeunesse. Annibale ne s'en est jamais remis. La guerre sort définitivement de son axe le jeune homme de vingt et un ans qu'il était. Rentré au pays, il fait tout pour rester en marge, retrouvant un semblant d'équilibre à travers une morale élastique dont il a défini lui-même les préceptes. Elle vaut ce qu'elle vaut. Mais c'est la sienne et il s'y tient.

Roberto, lui, issu d'une famille mieux aimante, est devenu un cardiologue réputé. Il est amoureux fou-jaloux de Zefirella, son impétueuse starlette. Annibale ne l'a jamais rencontrée. Roberto lui parle du casting à Cinecittà. De la fierté de sa jeune maîtresse à faire partie d'un grand film. Après *Le Pont de la rivière Kwaï*, le très britannique réalisateur David Lean veut de nouveau frapper un coup magistral, en choisissant sa narration de prédilection : la fresque historique. Cette fois-ci, elle sera inspirée de la vie de T. E. Lawrence, surnommé « Lawrence d'Arabie », qui aida, les armes à la main, les Arabes à se libérer de la domination des Turcs, alliés aux Allemands lors de la Première Guerre mondiale. Distribution d'hommes, avec Peter O'Toole et Omar Sharif, deux inconnus qui ne le resteront pas longtemps ; mais également avec Anthony Quinn et Alec Guinness, un des acteurs fétiches de Lean. Quel rôle peut bien jouer Zefirella dans ce monde d'hommes ? Roberto n'en a aucune idée.

Au tout début du tournage en Jordanie, les magazines ont publié des photographies représentant les sites époustouflants d'El Jafr, du Jebel Tubeiq, de Wadi Rum, les falaises, les montagnes, la terre rouge magenta. Au cours de ses lectures, Deva apprendra que le site de Wadi Rum a été récemment le lieu de tournage du dernier *Star Wars*, ainsi que celui de *Seul sur Mars*, avec Matt Damon. Un cinétourisme, phénomène mondial en expansion constante, s'y est développé, et les visiteurs, souvent des fans, des mordus, couchés sous des dômes aux toits transparents, surveillent la nuit stellaire adossés à leurs oreillers douillets.

Les premiers admirateurs des sagas de David Lean s'appellent George Lucas, Steven Spielberg. Tous deux disent avoir rêvé, enfants, aux aventures de Lawrence d'Arabie, aux batailles du Bien contre le Mal.

Roberto, en bon jaloux, est pressé de constater ce qu'il craint. La veille au soir, vers minuit, il quittait Rome, sa ville natale, puis roulait d'une traite, ménageant cependant sa vieille Citroën, qui ne supporterait pas d'être brutalisée. Au petit matin, il freine en klaxonnant devant la gare de Turin, où l'attend Annibale, descendu de sa montagne, chargé d'un sac en cuir d'où dépassent, enroulées, des feuilles de croquis. Ce dernier, juste une cape, pieds nus, ne supporte déjà plus les chaussures, ni rien qui le contraigne. Étrangeté, besoin éperdu d'une liberté chimérique, qu'importe, Roberto connaît son ami, qui peut encore pleurer en pensant à l'un de ses hommes, mort écrasé sous un char. Beppo a perdu sa jeune vie pour rien, ça, ils le savent tous les deux. Malgré les années qui ont passé, un simple regard de Roberto suffit à lui montrer qu'il partage toujours avec lui cette douleur. Combien il sent les failles de cette enfance de bâtard chic, élevé par une grand-mère indifférente, superbe demi-mondaine entretenue par un notable, chevalier de l'ordre de Malte. Il connaît ses blessures et devine ses tristesses.

Quand ils arrivent à la frontière, Annibale, qui conduit depuis Turin, réveille Roberto. Tout à leur virée impromptue, ils se relaient au volant. La Riviera française les enchante, ils font de courtes haltes pour dormir, le plus souvent dans la voiture, se réveillent le dos cassé, repartent après avoir acheté d'énormes sandwichs ronds bourrés de bonnes choses ; ils rient en apprenant le nom de ce qu'ils dévorent : des pans-bagnats. Boivent au goulot un rosé de couleur grise. La chaleur attaque l'asphalte. Amis pour la vie.

Ils ont quarante ans et quelque et s'imaginent jeunes encore.

Roberto a feuilleté *Les Sept Piliers de la sagesse*, Mémoires de T. E. Lawrence. Pas plus qu'Annibale il ne connaît la biographie de ce chef de guerre, mystique, violent, à la fois dépassé et transcendé par ce rôle pour lequel il a été désigné et qu'il a accepté. Roberto néanmoins se rappelle quelque chose de précis concernant le personnage : la manière dont il meurt.

« À quoi sert d'être un héros, explique-t-il à son ami, ce gars s'est tué dans un accident de moto alors qu'il était retourné vivre en Angleterre, son pays natal. Il a frôlé mille morts, a été fait prisonnier, aurait même été violé par l'ennemi, et il chute dans un virage, tout près de chez lui. » Roberto aime les motos. C'est la mort du héros au volant d'une Brough Superior qui l'a frappé. À chacun sa mémoire. Sur l'héroïsme et la manipulation des hommes en temps de guerre, ils ont trop à dire. Mieux vaut se taire ou parler motos.

David Lean, génie et womanizer

À Mineras, David Lean, tempérament anxieux, surveille le chantier où s'échafaudent les décors de son film. Sur les photos d'archives, les hommes du village qui scient, clouent, montent des façades de maison ont l'expression heureuse de ceux qui n'en reviennent pas d'avoir tant de chance. Quand ils aperçoivent David, ils sifflent l'air du *Pont de la rivière Kwaï*, un signe amical qui porte sur les nerfs du réalisateur, mais il leur sourit. C'est le film qui l'a rendu célèbre, il aurait mauvaise grâce à montrer son agacement. Malgré ses démêlés avec Spiegel lors de la délocalisation du tournage, le réalisateur décide d'adhérer au choix espagnol du producteur, sans être encore tout à fait convaincu que le site sera bénéfique à son film. Deux jours plus tôt, la mer devenue soudain violente sous l'effet d'un vent brûlant a détruit une partie d'un décor que l'équipe avait stabilisé en déplaçant les lourdes pierres accumulées sur le rivage par la seule force des vagues. Personne ne savait que ces pierres formaient un rempart naturel, freinant le déferlement de la grosse houle. Que la nature régulait elle-même ses propres équilibres. David Lean enrage que personne n'ait pensé à consulter les hommes du village.

Enfin ce qu'il en reste, car Mineras est un village vide. La plupart des hommes et des femmes en âge de travailler sont partis pour l'Europe du Nord. Des immigrés, durs à la tâche, devenus pour la majorité d'entre eux concierges, gens de maison, ouvriers, serveurs.

David Lean regarde comment travaillent ceux qui ont été intégrés à l'équipe et constate leur habileté. Il s'agit de reconstituer la ville d'Aqaba, pas moins de trois cents maisons, des bâtiments officiels – seules quelques scènes seront tournées à Séville, sur la place d'Espagne, à la maison Pilatos. Lean contemple ces hommes. Il les sait pauvres mais ne peut s'empêcher d'envier leur gaieté. Quelquefois, le soir, quand il les entend psalmodier leurs mélopées d'amour et de mort, il ne sait plus s'il a jamais été heureux.

Sam Spiegel a fait le déplacement jusqu'à Mineras. Il discute avec Freddie Young, le directeur de la photo. « Le soleil au zénith crame la pellicule », explique ce dernier. Il a tout tenté sans trouver une solution satisfaisante. David Lean appelle à la rescousse Barbara Cole, la scripte. Ils couchent ensemble depuis le début du tournage. Ils seront amants jusqu'en 1966. Le réalisateur a pourtant épousé le 4 juillet 1960 Leila Matkar. Elle est sa quatrième femme, une belle Indienne, dépressive et fantasque, qui a abandonné par amour pour lui mari et enfants. Lui s'est vite lassé, comme d'habitude. Il épouse quand il devrait quitter, comme les trois quarts des gens. Mais pour l'instant Leila est loin et il est seul. Réputé éprouver le besoin d'une femme nouvelle pour chacun de ses films, il élit cette fois-ci Barbara Cole. Elle vient de Nouvelle-Zélande. Son mari, pilote de chasse, a été tué en Allemagne à la fin de la Seconde Guerre mondiale. Veuve, avec un fils né de cette union, elle s'impose dans le milieu du cinéma, où très vite sa qualité professionnelle de script-girl lui vaut réputation.

Lean est ce que les Anglo-Saxons appellent un *womanizer*, terme employé par Norman Spencer, longtemps son producteur à Londres : un homme à femmes, bref, un baiseur, mais un baiseur tourmenté. Il vient de fêter ses cinquante-quatre ans. Réalisateur star, il va bientôt tourner *Le Docteur Jivago*. Julie Christie, cette petite nouvelle à l'irrésistible moue boudeuse, jouera le rôle de Lara. Elle et aucune autre. Beauté anglaise, yeux gris, née en Inde, du côté de Darjeeling, elle lui tourne déjà la tête.

Dans une association, celui qui détient l'argent fait la loi. Le cinéaste, qui a été blessé et humilié que son père, un comptable, ait quitté le domicile familial sans crier gare, méprise les hommes qui font des additions. Très jeune, il tourne le dos à cette profession à laquelle il était destiné, préférant se faire engager comme grouillot dans un studio de cinéma. Intelligent, il ne tarde pas à s'imposer comme un monteur chevronné, puis passera rapidement à la caméra. Spiegel toutefois n'est pas qu'un brasseur de dollars, Lean doit reconnaître à quel point il s'implique dans le film. Certes, l'Américain ne lui laisse aucun répit, mais quand le tournage dépassera les dix millions de dollars, bien au-delà des trois millions et demi prévus, il continuera, loyal, déterminé, à le soutenir avec vaillance.

Zefirella l'éphémère

Partis à la recherche de l'intrigante Zefirella, Annibale et Roberto, eux, sont de parfaits inconnus. Ni l'un ni l'autre ne se doute que cette équipée va changer leurs vies. Si la jalousie amoureuse est le motif avoué, il n'est pas dit que le thème même du film, la guerre, le désert, n'ait pas excité secrètement leur imagination. Annibale écoute son ami quand il lui parle du cul d'anthologie de sa jeune maîtresse. Peintre, il imagine l'actrice débutante, admirable dans sa rotondité callipyge, taille étranglée et postérieur qui s'épanouit en toute liberté sur d'improbables longues jambes, une vraie contradiction en mouvement. Quand elle marche, raconte Roberto, son *culo* vit sa propre vie, parfaitement autonome dans son déplacement pour se remettre dans l'axe avant de repartir d'un côté, puis de l'autre. Sa démarche est fractionnée, quand les jambes avancent, les fesses se balancent avec un temps de décalage, comme s'il fallait toujours les rattraper pour qu'elles reviennent en place. Roberto soupçonne qu'elle a été engagée pour ce feu d'artifice fessier qui contredit, et avec quelle force, son nez droit et austère de jeune Étrusque. Avec ses yeux fendus sur les tempes, oui, c'est certain, elle peut jouer une belle Arabe, se rassure-t-il. Si elle lui a bien donné un numéro de téléphone, jamais personne n'a répondu quand il a appelé. Il demande à son ami de lui passer le volant, il est trop énervé quand il ne conduit pas. Annibale se fout de Zefirella comme de son premier tube de gouache. Ce qui lui fouette le sang, c'est de rouler vite. Le plus vite possible. À fond sur l'accélérateur.

Mineras, la splendeur

Il n'y a rien à Mineras que la beauté d'un paysage intact. Ni eau ni électricité. Quelques maisons basses aux murs très épais pour se protéger du soleil. La pêche permet de ne pas mourir de faim, pas de faire vivre une famille. Il n'y a ni bateaux ni port. Seules quelques barques et une chaleur asséchante. C'est dans cet endroit aux montagnes pelées, violettes, basculant dans la mer en dessinant des reliefs aux formes d'animaux préhistoriques, masquant de longues plages, ou des criques quasi vierges, que David Lean a pourtant installé l'équipe de sa superproduction.

Quelque chose du destin se noue à Mineras. Tout y est vide, vidé, mais splendide. Une nature presque effrayante. Sur cette terre volcanique, traversée par une faille sismique, règne une atmosphère chargée et volatile, proche de l'ivresse. Les Andalous le savent, qui ont été modelés pour résister à ces paysages suffocants. Quelque chose qui n'a peut-être rien à voir avec la beauté pourtant réelle du village et des alentours, car, bien que Mineras se soit largement développé depuis les années 1980, enrichi et même doté d'infrastructures industrielles lourdes, qui pour certaines ont enlaidi à jamais le paysage, les étrangers qui le découvrent éprouvent encore ce sentiment d'être arrivés à leur juste place, d'être enfin chez eux, même s'ils ne parlent pas la langue, n'ont jamais lu *Don Quichotte*, ni même regardé une toile de Vélasquez. Et il n'y a pas que des étrangers qui s'installent à Mineras, plus récemment les Espagnols des grandes villes du Nord ont à leur tour afflué, attirés par l'expansion de ce village exposé plein sud. Le magnétisme de Mineras change mais ne faiblit pas.

Dans les années 1950, au Cabo de Gata, terre riche en plomb, en or, en argent, et même en améthystes, les mines ferment, et l'émigration vers la France et le nord de l'Europe s'accroît. Dans un des nombreux livres sur la région, Deva apprend que l'origine du nom « Cabo de Gata » viendrait du mot « agate », pierre semi-précieuse dont regorge le sous-sol. Une dénomination qui remonterait aux Phéniciens, peuple de marins qui avaient entrepris un commerce actif avec le sud de la péninsule Ibérique, dont celui des agates. Rien à voir, donc, avec une chatte – *gata*, féminin de *gato*, « chat » –, comme l'a expliqué Roberto à son ami. Mais tout à voir avec ces marchands qui, partis de Tyr, au rivage du Liban actuel, développeront la puissante Carthage, en Tunisie. Ville depuis laquelle pendant des décennies ils mèneront contre Rome des guerres, dites « puniques », visant à contrôler le triangle d'or que forme Carthage avec la Sicile et la Sardaigne. Combats féroces autour de ce passage étroit de la Méditerranée dans lequel, de nos jours, se déroulent toujours de mortels marchandages, cette fois autour des migrants.

Au cours de ces guerres, les Carthaginois, perdant du terrain face à Rome, installent des comptoirs dans ce Sud espagnol qu'ils connaissent si bien. Ainsi vit le jour la ville de Carthagène, à moins de deux cents kilomètres au nord de Mineras.

Le Cabo de Gata et les côtes andalouses jouèrent un rôle stratégique de premier plan lors de la conquête de l'Espagne par les Arabes, comme en témoignent les nombreuses tours de guet perchées sur les promontoires. La domination, on l'oublie souvent, se prolongea sept siècles. Sept cents ans de combats et de massacres, mais aussi de cultures mêlées et d'enrichissements mutuels. À travers les échanges de la vie quotidienne, à travers ce qui échappe aux uns et aux autres et donc à partir de ce qui ne se maîtrise pas, de ce qui ne se décide pas, se forge et se fortifie la vivace culture arabo-andalouse. Sinon une civilisation.

Observant sans jamais se lasser la Méditerranée, Deva s'imagine parfois en sentinelle, sous la tutelle de l'historien Fernand Braudel, qu'elle relit, réactivant *de visu* la somme du peu qu'elle savait sur le sujet. Des bribes d'un enseignement qui lui a été transmis par l'amant précédent, celui qui buvait trop, par ailleurs expert en économie et en géographie. La Méditerranée atlantique et la Méditerranée de Rome, puis celle de Byzance.

Tandis que les Arabes occupent l'Espagne, l'Église et le pape organisent dès le XIe siècle les premières croisades pour délivrer Jérusalem et les Lieux saints. Sous l'égide de la France, des Templiers, du roi Saint Louis, croisé parmi les croisés. Guerres de religion autant qu'économiques qui se perpétuent jusqu'à nos jours pour tenir les endroits stratégiques : l'entrée de la mer Noire, le débouché atlantique, le canal de Suez, le détroit d'Ormuz. Bien sûr, Deva schématise à gros traits. Mais plantée face au rivage, avec tous les bateaux qu'elle voit défiler au loin, semblables à d'énormes tortues, l'Histoire s'anime, devient vivante. Dans cet espace maritime, Mineras et sa région incarnent le point de bascule où est encore perceptible ce millefeuille de civilisations et de cultures. Il lui arrive de sentir cette force la traverser, même si ses connaissances historiques mériteraient quelques sérieux ajustements.

Il s'agit là de temps anciens. Au moment du tournage de *Lawrence d'Arabie*, le Cabo de Gata est un désert économique. Escorté de ses troupes cinématographiques, David Lean et son film auront-ils le pouvoir d'inventer un avenir à ce village privé de tout, quasi invisible sur la carte de l'Europe, aplati au bord de l'eau, tout au sud, face au Maghreb, à l'Afrique ? L'hiver, on aperçoit la neige bleuie des contreforts de la Sierra Nevada, qui culmine à plus de trois mille mètres et d'où, par beau temps, se devine la ligne floue de la côte algérienne, presque à portée de main.

Peter O'Toole et Omar Sharif

La beauté de Peter Seamus O'Toole, qui incarne le héros du film, perturbe tous ceux qui approchent l'acteur. Les jeunes filles de Mineras qui osent s'aventurer près des tentes du tournage, habituées aux hommes bruns, râblés, s'étonnent de le voir si grand, si blond. Ses très longs cils noirs, surtout ceux qui bordent la paupière inférieure, comme une petite plantation d'ajoncs, donnent un air féminin à ses yeux bleu clair, couleur qu'accentue le khôl que Kate, sa maquilleuse personnelle, ajoute pour les besoins du film. Elle se bat aussi pour préserver sa peau délicate d'Irlandais qui picole le jour, la nuit. Omar Sharif l'Égyptien, affable en toutes circonstances, a l'habitude de se protéger de la chaleur. En 1962, il est marié à Faten Hamama, une actrice aussi célèbre que lui dans leur pays natal. Habitués tous deux des films de Youssef Chahine, que personne ne connaît encore en Europe, Faten et Omar forment un couple admiré en Égypte et dans tout le Moyen-Orient. *Lawrence d'Arabie* va les séparer.

David Lean, tout étourdi par la dimension que prend son film, sait qu'il lui reste des scènes capitales à tourner. Mais avant, il exige davantage de palmiers, quasi inexistants dans ce coin aride. Demande aussi aux Gitans d'amener davantage de leurs chevaux aux pattes frissonnantes, si fines qu'elles semblent pouvoir se rompre au moindre mouvement. S'assure du nombre de dromadaires importés. Sam Spiegel ne lésine plus sur rien depuis qu'il sait le film sur de bons rails. L'homme qui dirige la deuxième équipe caméra est un de ses choix. Il s'appelle Nicolas Roeg. Dans quelques années, il tournera l'étrange *Performance* avec Mick Jagger et la redoutable Anita Pallenberg, égérie défoncée des Rolling Stones, amante de Brian Jones, puis de Keith Richards, avec qui elle aura trois enfants. Et qui eut une brève aventure avec le chanteur du groupe pendant le tournage du film. Une fille à ce point fatale, c'est une héroïne.

Sam Spiegel, de son côté, réclame toujours plus de scènes de combat, des chevaux qui s'écroulent au sol, des lances qui transpercent. Du sang. Le triomphe de la morale, les bons contre les méchants. Il a vu les rushes et injecte les dollars sans hésitation. David Lean se tient à l'écart autant qu'il le peut de cette agitation générale. Il achève ses préparatifs pour tourner la grande scène de la prise d'Aqaba. Tout est prêt, minuté. Les techniciens attendent en silence, chacun à son poste. Le réalisateur demande à vérifier dans son viseur une toute petite chose. L'atmosphère se tend.

Pour Roberto et Annibale, la descente vers Mineras s'achève. Roberto, de plus en plus nerveux, donne de brusques coups de volant, il n'y a plus de route jusqu'à Mineras, que des chemins pierreux aux à-pics vertigineux. Durant la guerre en Libye, Annibale a appris à aimer la chaleur, les paysages à la végétation raréfiée. Depuis, la nostalgie du désert ne l'a plus quitté. C'est un sauvage qui se plaît à être au centre. Un peintre, certes, mais sans aucune illusion sur le milieu de l'art. Au sortir de la guerre, mêlé à une arnaque de fabrication de faux tableaux, il s'était éloigné du marché avec ses escrocs et ses gogos. Il n'aimera plus que les enfants auxquels il enseigne le dessin, et les très jeunes femmes. Quand il arrive à Mineras, il a déjà été marié deux fois, deux femmes qu'il a oubliées en chemin. Il quitte aussi vite qu'il épouse, à grandes enjambées, comme s'il était soudain poursuivi. Un comportement qu'il partage avec David Lean.

Autre trait de caractère commun entre les deux hommes, leur capacité à fabriquer des histoires à rebondissements, des épopées mêlant le vrai et le faux. L'Italien, en fonction de ses interlocuteurs, n'a pas son pareil pour trafiquer son autobiographie, à laquelle il voue une passion narcissique, presque pathologique.

Année après année, elle est devenue un monument qui se visite à travers les différentes pièces de sa maison, incarnation et écrin d'une odyssée personnelle dont il est le récitant en même temps que le guide touristique. Sa faconde capte l'attention, ses paroles trouvent écho en chacun. Une vie d'homme, la sienne, riche de près d'un siècle.

Dans l'immédiat après-guerre, les chemins des deux amis bifurquent. Tandis qu'Annibale explore bien des impasses, Roberto reprend des études de médecine en cardiologie. Une vocation née de la guerre : sauver des hommes et surtout les aimer. Quant à Annibale, dans le chaos ambiant de l'administration italienne, un médecin lui a diagnostiqué un souffle au cœur. Très sportif, il n'ose plus rien entreprendre, s'astreignant à vivre au ralenti, bourré de médicaments. Lors d'une de ses visites de contrôle, un nouveau directeur, qui a pris le temps de reclasser tous les dossiers, lui annonce une erreur de matricule le concernant et lui déclare sans détour qu'il a bien un cœur d'athlète. Cette année absurde qu'il vient de subir le conforte dans ce sentiment exaspéré par la guerre qu'il doit agripper tout ce que l'existence lui présente aussi longtemps qu'il est en vie. Ce à quoi il se consacrera avec avidité.

Roberto vient de reprendre le volant. Dans six mois, il épousera Mina, une fille de soyeux du lac de Côme, étonnamment dépourvue d'humour, très active dans l'affaire familiale. Il est flatté qu'elle l'ait choisi. Zefirella ? Il la gardera. Enfin, c'est ce qu'il imagine.

Quand soudain surgit Mineras dans toute son étincelante blancheur. Roberto gare la voiture avec difficulté, prend les jumelles, regarde longuement la plage où ont été rassemblés des dizaines de chevaux, leurs hennissements montent jusqu'à eux, l'odeur de leur crottin aussi. Des chevaux et des hommes. Aucune femme à l'horizon.

Ils se regardent, complices. Annibale trouve Roberto très beau avec ses cheveux noirs coiffés en arrière. Et Roberto pressent que son ami fera tourner quelques têtes avec ses yeux clairs trop pensifs. En silence, ils remontent dans la voiture et s'engagent avec précaution sur le chemin à flanc de montagne qui plonge jusqu'au village.

Annibale vivra à Mineras le restant de sa vie. Il ne le sait pas encore.

À ce stade du récit, tous les personnages, même les plus célèbres d'entre eux, s'effacent. Ou plutôt ils sont là, ils sont nommés, car ils forment le chœur introductif qui annonce le destin mêlé d'Annibale et de Mineras. Tous ces hommes et ces femmes, jeunes et moins jeunes, dont chacun et chacune expriment l'infini du désir, veulent ardemment le succès, être aimés de tous, et baiser le plus grand nombre ; tous ces hommes et ces femmes étourdis de chaleur et d'hormones sont réunis là pour attirer à Mineras, tels les bons génies des contes de fées, un peintre défroqué, sans argent, mais dangereusement électrique. Qui, dès qu'il sent la chaleur de la terre sous ses pieds l'envahir tout entier, comprend qu'il veut vivre dans ce désert, entouré de jeunes lévriers excités face à la mer aveuglante. Il n'aime plus les chats, qui n'en font qu'à leur tête. À défaut d'être heureux, il veut la paix. Une paix qu'il n'obtiendra que très partiellement.

Et cet homme, Annibale, pique la curiosité des femmes. Pourtant il n'est ni un pygmalion – il faudrait qu'il s'intéresse à quelqu'un d'autre que lui – ni un homme sexuel. Experte en la matière, l'écrivaine Colette, que Deva est en train de relire, met dans la bouche d'un don Juan de profession ces quelques mots : « D'ailleurs, je ne serais pas un homme à femmes si j'avais beaucoup fait l'amour. » Dans cet aveu masculin, il y a beaucoup d'Annibale.

Séduire, c'est aussi s'enfuir.

Près de quarante ans ont passé quand Deva éprouve l'irrépressible envie de retracer la genèse du film de David Lean et de son impact sur Mineras ébloui. De détricoter les amours des uns et des autres, qu'ils soient célèbres ou pas. De mettre au jour le bonheur secret de ceux qui ont traversé ce village du désert et qui ont souhaité soit y reprendre haleine, soit s'y établir en construisant une maison, un refuge, comme le fit Annibale. Il y a comme ça des lieux qui soignent. Des lieux de cure.

L'assaut sur Aqaba

Enfin, David Lean est prêt. Les caméras sont placées. L'attaque finale des Arabes contre les Turcs va être mise en boîte. La scène, une des plus grandioses du film, doit débuter sur la plage avec des gros plans sur une meute d'hommes voilés à fond de galop. Les vêtements claquent au vent, les couvertures des selles s'enroulent autour des corps courbés sur les encolures, les naseaux des chevaux blanchissent sous l'effort. Les plans se succèdent, comme dans un relais de quatre fois cent mètres, dans lesquels les combattants de Lawrence entrent par la gauche de l'écran pour en sortir par la droite en un mouvement incessant. Leur enchaînement haletant intensifie la violence de la charge autant que les cris de guerre et de vengeance. Lawrence d'Arabie a pris goût au sang. Il avoue même sa jouissance à tuer.

Scène essentielle censée résoudre l'ambiguïté du héros, qui a épousé sans réserve les ambitions des Arabes tout en restant missionné par les Anglais. Est-il au courant des desseins de ses compatriotes, bien décidés à s'installer dans la région dès la guerre terminée et à se partager avec les Français les restes de l'Empire ottoman ? Une diplomatie secrète, qui trouvera sa concrétisation dans les accords Sykes-Picot – du nom des deux diplomates à l'œuvre –, aujourd'hui encore au cœur de l'actualité avec la guerre en Syrie.

Lawrence surinvestit son rôle et s'aveugle. « Celui pour qui rien n'est écrit peut choisir lui-même sa cause », le rassure pourtant Ali, le chef des guerriers. Avec cette scène de bataille, David Lean joue gros. S'y mêle le sentiment qu'il partage avec le héros de s'être senti abandonné et renié – le père de Lean, comme on le sait, a quitté sa famille, celui de Lawrence ne le reconnaît pas à la naissance. Le réalisateur fait sienne l'urgence vengeresse à réparer l'injustice. Ce que la vie interdit, le cinéma l'autorise.

Et Zefirella ? Aucun rôle féminin dans ce film. Sauf, à un moment, dans le désert, quelques femmes, assises tout en haut d'une falaise, qui encouragent de leurs youyous le défilé des combattants arabes. Des femmes et des enfants morts, il y en a pourtant eu un grand nombre abandonnés sur le champ de bataille après l'attaque des Turcs. Ce sont ces victimes innocentes, assassinées avec sauvagerie, qui décideront le héros à lancer l'assaut. Cette scène avec cadavres, capitale pour la compréhension, a bien été filmée, mais coupée lors de la sortie en salles ; elle sera remontée dans la version restaurée en 1989.

C'est sur cette même plage qu'a également été tournée la scène où Peter O'Toole regarde le soleil se lever, silhouette solitaire qui se détache contre l'écarlate du disque surgissant des flots. Et c'est cette réfraction solaire qui carbonise la pellicule, et donne tant de soucis à Freddie Young. Certains fans du film connaissent la solution à laquelle il dut se résoudre – l'introduction au montage d'une toile peinte. Il s'agit de la seule dérogation consentie aux effets spéciaux, car dans cette saga historique bourrée d'explosions, de trains qui déraillent, de morts brutales, de tempêtes de sable, rien, mais absolument rien, n'est truqué.

Roberto retrouvera-t-il Zefirella ? Elle a quitté Mineras. Et ne saura donc jamais que sa beauté si attachante a motivé le grand voyage d'Annibale et de Roberto. Sans elle, pas de récit, pas de livre. Mais de cette histoire, elle est déjà sortie. Est-elle dans le film ? Peut-être, mais comment l'identifier sous la djellaba ? Elle vient de reprendre l'avion pour Rome accompagnée du directeur de casting. Couchent-ils ensemble ? La question n'a plus aucune importance.

Roberto ne la reverra jamais.

Noël 1999

À peine arrivée de New York, Deva reprend l'avion pour l'Espagne. Elle va rejoindre Annibale pour les fêtes. Elle n'a pas eu à décider, ce retour à Mineras allait de soi. Depuis la fin septembre, parmi lettres et colis qu'il lui a envoyés, empaquetés comme des momies tant il s'inquiète que tout arrive à bon port, il y avait une sculpture. Réalisée en fil de fer, elle la représentait en train de courir. Il suffisait de la toucher pour qu'elle bouge pendant plusieurs secondes. Il la voyait comme ça, incapable de rester en place. Très vite, il l'appellera « la Sauterelle » au prétexte que cette bestiole possède six pattes. Sa crinière blanche et sa force physique lui valent d'être « Ours blanc ». Ces surnoms fixent assez bien les rôles. Ils n'en abusent pas, les réservant à l'intimité.

Annibale ne croit pas aux signes du zodiaque, mais aux chiffres et aux cycles. Enfin, sans excès, et beaucoup moins que Deva. 19-9-1999 : comment ne pas interpréter ces cinq neuf et ces deux un qui forment la date du jour de leur rencontre ? Fin d'un cycle et début d'un autre ? Tout est prétexte à s'émerveiller de coïncidences si prometteuses.

Elle entre chez lui de nuit, par la porte arrière, une entrée sombre. Soudain, un éblouissement de lumières. L'arbre qu'il a conservé et qui pousse au cœur même du vaste patio est illuminé de boules et de guirlandes. La maison du père Noël, pense Deva, qui se sent redevenir petite fille.

Il lui montre sa chambre, plutôt une loge de moinillon mais bien chauffée, qui ouvre sur le patio. Au menu de réveillon, ce qui deviendra un rituel, jambon de chez Bepe et champagne espagnol bu sur le muret de la terrasse, face aux vagues lunaires. Parfois un pêcheur apportera les fameuses crevettes rouges qui ne vivent que dans les eaux avoisinantes. Ils se régalent de produits locaux.

Il fait glacial cette première nuit.

En quittant l'aéroport dans la Méhari qu'il conduisait pied au plancher, elle luttait tellement contre le froid qu'elle n'a pas même eu le temps de se demander ce qu'elle fabriquait sur cette autoroute qui l'emportait vers la maison d'un homme qu'elle n'avait vu que quelques heures. Un sanglier a déboulé dans les phares. Annibale l'a évité de justesse. Tout allait bien maintenant qu'elle posait sa valise chez lui.

Elle sautait à pieds joints dans la vie d'un presque inconnu. D'un presque vieillard. Ils s'amusent de tout, donc de rien. Il ne sait pas comment s'y prendre. Elle non plus. Alors ils rient. Une bulle de charme avant les choses sérieuses. Un baiser à peine appuyé pour se souhaiter bonne nuit, un baiser aimant, un peu garçonnet. Il est très tard. Deva s'endort tout de suite.

Au matin, il entre dans sa chambre. Elle note sa présence mais ne se réveille pas tout à fait. Avec délicatesse, assis au bord du lit, il l'embrasse, soulève le drap pour y glisser la main. Elle décide de le laisser faire, de se laisser faire. Elle a toujours eu de l'imagination. Il la bascule légèrement afin qu'elle tourne davantage le dos, quand quelque chose de chaud et de vibratoire la pénètre. Elle jouit sans retenue, accrochée au drap. Elle entend le cri d'Annibale. Son membre est dressé. Il l'avait prévenue au téléphone. « C'est plus comme avant, fille, mais ça marche ! » Il n'a pas survendu ses prouesses. Deva le trouve honnête. Et cette honnêteté le rend jeune. Le godemiché éjaculateur est une fabrication maison. Elle admire l'objet. N'en tire aucune conclusion pour l'avenir.

Azucena cherche une échappatoire

Elle tolère presque ma présence. À chaque fois que je passe, elle est en train de parler avec lui. Ou bien elle lit et lui travaille. Elle voyage beaucoup et ne séjourne pas aussi souvent ici que je l'avais craint. L'agent de Madrid est revenu à la charge. Il ne comprend pas pourquoi je n'envoie pas les dessins qu'il m'a commandés, dans la même veine que ceux d'Annibale à quatre pattes entre ses jambes à elle. Tout simplement parce que je n'y arrive pas. Il y a dans les gestes de ceux qui ne se savent pas observés un délié, presque un élancement, que je ne peux pas interpréter si je ne les vois pas pour de vrai. C'est idiot, mais quand c'est moi qui invente ces positions, j'obtiens un méli-mélo platement pornographique. L'agent m'a pourtant parlé d'un galeriste qui serait intéressé. Il a même évoqué l'arrivée d'un collectionneur vivant à Mexico, très influent en Amérique du Sud.

Je n'allais quand même pas espionner exprès Annibale et elle. Lui surtout. Il est à la fois mon père et mon grand-père. Il m'a connue gamine. C'est lui qui m'a tout appris. À dessiner, à poser la couleur, à ne pas m'embarrasser des fausses questions, de celles qui empêchent d'avancer. Il a été fâché quand je me suis inscrite aux Beaux-Arts. Adepte de la désobéissance, il est contre les écoles, qui selon lui ne servent à rien qu'à niveler les personnalités et à uniformiser les idées. Il avait raison, après deux ans, j'en ai eu assez de ne plus savoir où j'allais. Ce que lui m'enseignait, maintenant que j'étais revenue au village, était une liberté. Fallait l'entendre me rabrouer quand il me voyait douter, notamment sur ma capacité à réussir. « Fais, fille, vas-y, tu verras bien. Fais, c'est tout ! » m'ordonnait-il, repoussant toute discussion. Il s'opposait à tout, croyait au travail réalisé avec les mains, était persuadé qu'elles avaient priorité sur le cerveau. L'artiste Louise Bourgeois ne disait pas autre chose : « Je ne suis pas ce que je suis, je suis ce que je fais avec mes mains. » Cette phrase, je l'ai notée et affichée en grand dans ma chambre. Autant dire qu'il guerroyait contre l'art conceptuel, celui avec lequel j'ai été élevée, bien qu'il trouvât dans beaucoup de ses « impostures » de multiples occasions pour les plus malins de se décréter artistes et d'épater la galerie. Le caniche géant de Jeff Koons le mettait en joie. Il y voyait une sorte d'arnaque planétaire qui générait des milliards, avec ses hommes d'affaires et leurs fondations, les maisons d'enchères et une poignée de galeries. Il avait lu que sept cents musées ouvraient chaque année dans le monde. « Le nombre de faux qu'ils contiennent, je ne te dis pas ! Il faut bien les remplir, ces musées ! » reconnaissait-il en se moquant. Face à ce système verrouillé, il prédisait de violentes rébellions des générations d'artistes à venir.

Moi, je ne répondais rien, car même si tout ce qu'il disait était vrai j'avais une envie folle de faire partie de ce circuit qu'il méprisait. D'y prendre ma place. De recevoir une étincelle qui m'illuminerait. Mais comment faire ? Avant même d'arriver dans notre village, Annibale privilégiait déjà le troc, les échanges. Il ne m'en a jamais expliqué les raisons. Une femme de la région collectionne ses tableaux et lui offre en contrepartie tout ce dont il peut avoir besoin. Que des choses utiles, un modèle de pinceau difficile à se procurer, un peignoir bien chaud pour sortir du lit en hiver. Elle aussi lui apporte le peu qu'il demande et le gâte à chacun de ses passages. Un stylo laqué rouge pour ses écritures, que son fils lui a immédiatement emprunté. Une bague chinée chez un antiquaire à New York dont le côté mafieux le réjouit. Un mobile avec des oiseaux. Des tasses japonaises en porcelaine translucide. Enfin, ça, c'est plutôt un cadeau qu'elle s'est offert, elle a horreur des bols et des mugs que lui affectionne. Elle avait rapporté les tasses de Kyoto. Elle boit des litres de thé. Noir, sans lait, sans sucre. Et brûlant.

Annibale est mon ami. Depuis plus d'une année que je le côtoie, je mesure à quel point il est intelligent. Avec un côté sombre, qu'elle a, elle aussi. Ils me donnent parfois l'impression qu'ils ont franchi bien des limites, mais qu'ils ont finalement choisi la lumière et s'y sont tenus. Elle peut-être plus que lui, malgré les apparences. Lui dit d'elle qu'elle a « une force de légèreté, presque une désinvolture ». Jamais de ma vie je n'aurais cru qu'il pourrait tomber amoureux et avoir envie de sexe, après quinze ans sans femme. Du moins c'est ce qu'il m'avait confié. Il était persuadé qu'il l'épouserait.

La théorie des Transparents

Annibale change le regard que Deva porte sur son cercle d'amis parisiens. Elle remarque combien l'obsession de « faire vieux » commence à griffer les plus âgés d'entre eux, femmes ou hommes, et quelles que soient leurs inclinations sexuelles. Il y a toujours ce moment, fatal, qu'elle a appris à repérer, où ils ne vont pas tarder à s'empêcher de tout. Et dans ce tout, il y a le plaisir de faire l'amour qui n'est plus entretenu, alors il échappe, s'échappe, ne revient plus. À moins que l'on soit, tel un Annibale, assez gonflé au regard de son âge pour saisir l'occasion de rattraper le plaisir de l'amour sans craindre ni l'échec ni le chagrin. Le risque ne change pas, que l'on soit jeune ou vieux.

L'attitude de retrait volontaire fiche la trouille à Deva. Le désir tient les organes souples, élastiques. Du moins le croit-elle.

Un de ses amis, Fred, entouré toute sa vie de femmes renouvelées régulièrement, déprimait parce qu'il était devenu un « Transparent ». Mot qui à l'écouter signifiait la raréfaction des regards féminins à son endroit, voire leur absence. Deva avait beau le secouer depuis des années, il n'admettait pas de se reconnaître principal responsable de cette appartenance au « genre des Transparents » – l'expression était de lui, preuve qu'il subsistait au fond de sa déprime un zeste de lucidité. Cet ami se résignait à vieillir auprès d'une femme qu'il n'aimait plus depuis longtemps, laquelle, parce que lui-même se croyait désormais sans défense, se vengeait d'une agitation sexuelle dont elle avait fait les frais. Alors il se mettait à discourir sur l'« attachement » qui les unissait malgré eux. Faute d'avoir le courage de prononcer les mots « routine », « imagination en berne », « ennui crasse ». Coup classique du reniement consenti qui permet de justifier tout ce dont on se prive tout en s'en plaignant. Sauve qui peut, pense Deva.

Les Transparents ont leur utilité, ils lui servent d'antimodèles.

Annibale, pourtant du genre téméraire infatigable, lui tient un jour à peu près le même discours, mais en citant les vers d'un poète italien : un matin tu te fais beau, tu te parfumes, tu t'habilles comme un prince, tu sors dans la rue, tu veux te faire admirer et personne ne te regarde. Tu es vieux. Tu retournes à la maison. Tu es seul.

Une femme a regardé Annibale. Il ne se sent plus vieux. Il ne se sent plus seul.

Quelques Transparents de ses amis se demandent, jaloux ou sincèrement surpris, ce qu'elle fabrique avec lui. L'un d'entre eux, écrivain de son état, alors que Deva entame sa quatrième année à Mineras, la soupçonne de vouloir écrire sur la sexualité des hommes vieillissants, sujet qui par ailleurs l'intéresse, lui.

« Dépêchez-vous, lui dit-il, avec un sourire forcé. Bientôt vous aurez le même âge que votre Italien. »

Et puis, pour enfoncer le clou :

« Les histoires de cul entre vieux, vous croyez que ça peut plaire ?

— Qui vous dit qu'il s'agit d'une histoire de cul ? Et puis vous avez tort, les vieux, ça fait déjà beaucoup de monde. À commencer par vous, par exemple. »

Deva n'a nullement envie d'écrire sur Annibale. Et le milieu culturel parisien auquel elle appartient commence à l'emmerder. Elle trouve cette approche de l'âge si négative qu'elle s'est fait la promesse de réagir aux premiers symptômes. Pourvu que je les voie, s'inquiète-t-elle. Les problèmes existentiels des Transparents n'effleurent plus Annibale. Il est heureux.

Le plaisir revenu, il va se montrer insatiable.

Le sex-toy qu'il a fabriqué exprès pour la jouissance de Deva était un prototype. Un peu plus tard, il en concevra d'autres, à mesure que leur relation évoluera. Sculpté dans de la terre, mais recouvert d'un enduit d'une douceur impensable, l'objet est une merveille. « Tu crois que je dois déposer un brevet ? » l'interroge-t-il en riant. Mais la douceur n'est pas sa seule qualité, il est équipé d'un moteur vibrant ultra-silencieux. Et là réside la fierté d'Annibale : « Elle ne fait pas un bruit d'hélicoptère au décollage, ma machine. Elle est sympathique, non ? » L'adjectif « sympathique » dont il abuse lui sert le plus souvent à évoquer des gens à part, sinon peu recommandables : « C'était un escroc très sympathique. » Ou bien : « Un menteur *muy simpatico.* » Les gens normaux l'ennuient.

Deva, qui de temps à autre s'approvisionne dans les sex-shops de Pigalle, dont elle apprécie les vendeurs bonimenteurs ou faussement indifférents – elle se souvient de l'un d'eux, mémorable par son savoir-faire –, se demande par quels moyens son ami a obtenu ce gode éjaculateur aussi silencieux que performant ; ce genre d'objets au bruit étouffé n'est pas si facile à trouver au début des années 2000. Ingénieux, Annibale l'est au sens où il a du génie pour inventer. De son fils, diplômé de Polytechnique, il claironne avec perfidie qu'il « ne sait rien faire de ses mains », que c'est par conséquent « un idiot », toujours selon sa conception de l'intelligence supérieure des mains.

Il récite une phrase qui est son mantra : « Mes nuits me servent à inventer mes jours. » Et c'est vrai. Il reste des heures dans son atelier à essayer des combinaisons de matières auxquelles Deva ne comprend rien. Quand il sort ses essais du four, il arrive que tout soit émietté. « Pas grave, fille », lâche-t-il, un peu déconfit tout de même. Son orgueil le soutient en toutes circonstances.

Annibale ne dort pas la nuit ? Deva pourtant le voit toujours s'endormir en une seconde avec le visage de celui qui a bien dîné. « Pas d'argent, oui, mais pas de soucis, c'est ça la belle vie », répète-t-il, sûr de lui. Dans une de ses lettres, il lui a néanmoins avoué qu'il avait trois peurs, sans préciser s'il les a surmontées ou pas. La première, qui remonte à son retour de la guerre, concerne justement son sommeil. « J'avais peur d'aller dormir car je craignais de ne pas me réveiller. Le soir, je buvais toujours assez de vin pour vaincre ma peur de la mort, pas au point d'en être ivre, mais en quantité suffisante pour me mettre en condition d'affronter la longue nuit. »

L'eau est sa deuxième peur. Presque une phobie, ce qui est assez inattendu pour un homme qui a choisi de vivre au ras de la mer. « L'eau est un élément que tu ne peux pas contrôler. C'est une force naturelle si énorme qu'elle fait ce qu'elle veut. J'ai vu à la montagne un petit ruisseau devenir un monstre de puissance, arrachant de gros arbres et les faisant rouler comme des billes. Je me sens microbe face à elle, parce que enfin elle est la reine de notre monde. J'admire ceux qui affrontent la mer, soit ils sont de grands courageux, soit de grands inconscients. Toi, tu es courageuse. » Les hautes vagues de Mineras effraient parfois Deva, mais c'est une gageure pour elle que de plonger en dessous. Et pas question de se laisser embarquer tant les grosses pierres accumulées sur le rivage doublent le péril d'être blessé pour celui que la vague jette au sol. L'été, on voit plâtres et bandages recouvrir les poignets ou les chevilles d'estivants renversés par la violence d'une mer habituellement aussi plate qu'un ventre de maître-nageur.

Jamais Deva n'a vu Annibale sur la plage. Ni pour marcher ni pour se baigner. Les images du tsunami survenu le 26 décembre 2004 en Thaïlande l'ont durablement déstabilisé.

Sa troisième peur est de mourir avec de la terre dans la bouche. Il dit et redit à qui veut l'entendre sa volonté d'être incinéré. Est-ce le souvenir des cadavres abandonnés dans le désert, les orifices du visage colmatés par le sable, qui le hante toujours ? Étaient-ils tous déjà crevés, ces hommes immobiles, quand le sable envahissait leurs narines, leurs bouches ?

La beauté d'Ava

Ava Lavinia Gardner est attendue sur le tournage de *Lawrence d'Arabie*. Une visite tout à fait improvisée. L'équipe la guette. Elle peut arriver à chaque instant. Elle peut aussi ne pas venir du tout. Pour Deva, adepte du cinéma américain des années 1950, l'actrice incarne l'icône absolue de son époque. Elle admire son éclatante perfection et, plus que tout, la liberté avec laquelle elle agit en toutes circonstances. Sa désinvolture apparente, sa volonté de n'être dupe de rien. Elle vit à Madrid depuis plusieurs années, et le cinéma n'est plus sa priorité. Si elle vient d'accepter un rôle important dans *Les 55 Jours de Pékin*, c'est, outre le talent de Nicholas Ray, qui réalise, et le plaisir de jouer avec Charlton Heston et David Niven, devenu un ami fidèle, la proximité du tournage, dans la banlieue madrilène, à deux pas de chez elle, qui a achevé de la convaincre.

Ava pourtant se sent mal. Dans deux jours, le 2 juillet 1962, cela fera un an qu'Ernest Hemingway s'est tiré deux coups de chevrotine dans la tête, à Ketchum, Idaho. Il a fallu une année pour que son chagrin sorte, qu'elle trouve les mots pour l'exprimer. Jusqu'à ce jour, elle n'a éprouvé qu'une colère salvatrice. Le romancier, c'est son ami, son vieux pote, ils se sont connus en 1946 sur le tournage du film *Les Tueurs*, de Robert Siodmak, adapté d'un récit éponyme de l'écrivain. Elle est alors cette époustouflante jeune femme de vingt-cinq ans glissée dans un fourreau de satin dont la bretelle asymétrique censée retenir le bustier indique en réalité, telle une flèche, la direction d'une poitrine parfaite, sans aucun rapport avec les excès mammaires de Marilyn Monroe ou les protubérances siliconées de Jayne Mansfield.

Hemingway, lui, a quarante-sept ans, c'est la star incontestée de la littérature occidentale. Il vient de se marier pour la quatrième fois. La nouvelle épouse se nomme Mary Welsh, correspondante de guerre pour le *Times* de Londres. Il l'a rencontrée en 1944. Elle succède à Martha Gellhorn, qu'il a prise pour femme pendant la guerre civile espagnole, qu'elle couvrait, elle aussi, en tant que reporter. Hemingway et les femmes, c'est *Épouses et concubines* à la sauce Midwest. Toutes viennent de cette Amérique du centre, du Missouri, de Saint-Louis. Des femmes solides, nées sur le même terreau que lui. Sont-elles pour autant plus aptes à le comprendre ? Quand il divorce, c'est pour se remarier illico avec sa maîtresse attitrée du moment. C'est chez lui une coutume conjugale. Presque une superstition, que sa troisième épouse, miss Gellhorn, se charge de mettre en pièces. Hemingway fait l'erreur d'oublier que le mot *horn* – « corne » – est inscrit dans son nom de famille. Certes, elle est cocue comme les autres, mais à l'inverse des précédentes épouses c'est elle qui demande le divorce. Non contente de quitter l'écrivain, abominable crime d'ingratitude, elle dénonce son narcissisme professionnel, voire son amateurisme dans sa manière de relater les faits. Quant à sa virilité, elle l'écorne d'une phrase : « Avec Hemingway c'était boum badaboum, et le plus souvent juste boum. » Traduction libre : éjaculateur précoce.

Pour Ava Gardner, il est son grand homme.

Elle demande à Nicholas Ray s'il est possible qu'elle s'absente du tournage deux ou trois jours, pas plus. Le réalisateur sait qu'elle ne plaisante pas, il lui accorde le répit qu'elle demande. Ava a un besoin viscéral de ce temps libre. À Madrid, elle veut une fête qui la fracasse. Lola Florès, sa grande amie, qui dirige le cabaret Villa Rosa, en a le secret. Danseuse, chanteuse, actrice et reine de la nuit jusqu'au bout du chant, de la danse, jusqu'à l'exténuation hypnotique. Une native de Jerez de la Frontera dans la plénitude de sa trentaine. Robe noire, bras nus, perles enroulées tout autour du cou, presque une minerve, cigarette aux lèvres, la Lola connaît la vie mieux que personne. Autour d'elle, Ava veut aussi convoquer tous ceux avec lesquels elle enchaîne depuis quelques années des bringues nocturnes qui lessivent les idées noires. Eux seuls sauront comment faire la peau à sa douleur.

Déjà, elle entend la voix consolante de Manolo Caracol. Déjà, elle a en tête le rire de Lola, la verve avec laquelle elle apostrophe les hommes qui font la roue devant son amie. Magnifique Luis Dominguín, le torero au sommet de sa gloire, insolent, prétentieux, qui perd la tête dès qu'il voit Ava et qui n'a de cesse qu'il n'ait conquis celle que l'on dit être, à juste titre, « la plus belle femme du monde ». Lucia Bosè, oui, bien sûr, pas mal, c'est vrai, cette ravissante Miss Italia. Bien sûr, il finira par l'épouser, mais elle attendra son tour, elle attendra que la tornade Ava se soit déchaînée et éloignée. Que faire d'autre ? Dominguín sait qu'on n'épouse jamais une Ava Gardner, qui décide seule de sa vie, des hommes, de l'alcool qu'elle absorbe, des cigarettes allumées l'une après l'autre, le regard émeraude, la lumière illuminant des dents parfaites. Pas de mômes pour elle, surtout pas, et lui, Luis, il en veut, des *niños*. Ce n'est pas le sexe qu'elle aime, mais le bordel jouissif qu'il sème dans l'existence de ceux qui n'ont pas peur d'y céder.

Même un Frank Sinatra, devenu son mari en 1951, n'en vient pas à bout. Elle rend coup pour coup et sait comment le mater, couchant avec des seconds rôles, comme Walter Chiari, Mario Cabré. En lisant les journaux, Sinatra frôle l'arrêt cardiaque, prend l'avion, la cherche partout, à Madrid, à Rome – Ava Gardner, repartie ailleurs, se tient hors de sa portée.

« *Good in the feathers* », avait eu pour tout commentaire Lana Turner, une ex de Sinatra, lui déconseillant avec fermeté de se marier avec le chanteur. « Bon au plume, au plumard. » Un argument qui fait sens pour Ava. Elle et Lana Turner se comprennent, elles ont aimé les mêmes hommes : le jazzman Artie Shaw, puis Sinatra. Elles auraient été amantes. Comment ne pas céder à l'attirance infinie des amours en miroir ?

Même ici, à Mineras, dans cette Espagne des années 1960 coupée du reste du monde, chacun connaît Ava Gardner, a entendu parler d'elle, a vu des images de ses films, à défaut d'avoir eu accès à une salle de cinéma où il aurait pu admirer la Maria Vargas de *La Comtesse aux pieds nus*, sorti en 1954, ou la Soledad de *L'Ange pourpre*, un film peu connu de 1960, dont l'action se déroule pourtant pendant la guerre civile espagnole. Elle y joue le rôle d'une chanteuse de cabaret qui s'éprend d'un prêtre en rupture de sacerdoce tant le dégoûte la cruauté de l'Église envers les pauvres. Elle le cache, elle le sauve, elle l'aime. Dénonçant un clergé allié à la dictature, le film n'a pas été tourné, on s'en doute, dans l'Espagne de Franco, mais à Catane, en Sicile. Pour jouer le prêtre défroqué : Dirk Bogarde. Et à la réalisation Nunnally Johnson, un ex-journaliste au *New York Herald Tribune* et au *New Yorker*, également producteur à la Century Fox avec Darryl Zanuck.

Ici, chacun sait ce que l'Espagne doit à Ava. À l'amour qu'elle porte à ce pays où elle s'installe en 1955, à l'âge de trente-trois ans.

Tandis qu'elle est en route pour rejoindre le tournage de *Lawrence d'Arabie*, chaque membre de l'équipe peut réciter sa filmographie. Une liste qui aurait les accents d'une déclaration d'amour : *Pandora*, 1951, *Les Neiges du Kilimandjaro*, 1952, *Mogambo*, 1953, *La Comtesse aux pieds nus*, 1954, *Le soleil se lève aussi*, 1957, *La Maja nue*, 1958, *Le Dernier Rivage*, 1959.

David Lean a su par des amis madrilènes combien l'actrice était abattue. Il a envoyé sa Rolls et son chauffeur la chercher, tandis qu'un riche armateur andalou mettait à sa disposition une de ses villas, située dans la ville voisine de Mineras, avec cameriste, cuisinière, maquilleuse et assistant personnel bilingue, un très beau garçon, intelligent de surcroît, qui a tout de suite pigé l'essentiel : Ava Gardner a horreur de dormir seule. Le réalisateur a prévenu qu'il ne pourra lui consacrer que des soirées. Car tout devient urgent. Le 13 décembre, la date est déjà fixée, une première projection en présence de la reine doit avoir lieu à Grosvenor House. La monteuse, Anne Coates, qui travaille depuis Londres, panique devant la montagne de rushes qu'elle reçoit. Et Lean recommence les prises jusqu'à être satisfait, or, satisfait, il ne l'est jamais. Sam Spiegel surveille les rushes et manie le fouet.

L'œil derrière le viseur de la caméra, David Lean voit toutes les têtes tourner dans une même direction. Le tumulte du tournage a fait place à un grand silence. La voilà, elle est là, c'est elle, Ava Gardner. Tandis que la Rolls se gare sans bruit le long de la plage, que le chauffeur ouvre la portière, le réalisateur et ses assistants partent en courant à sa rencontre. Pantalon corsaire violet, blouse à peine rose, elle fait quelques pas sur le sable, tenant à la main des nu-pieds en croco doré. D'une écharpe couleur mandarine qu'elle vient de dénouer s'échappent des boucles noires qu'elle ébouriffe. Pas de photos, a-t-elle exigé. Ava est fragile. Et belle. Et stupéfiante. L'équipe, au fur et à mesure qu'elle s'approche, se met à l'applaudir, elle a beau avoir l'habitude, elle est touchée. Ces applaudissements montent *crescendo*. D'un coup d'œil circulaire, elle repère les hommes embauchés pour les décors, certains ont apporté des guitares et chantent sa beauté. Quelques femmes dansent, des Gitanes en charge de l'approvisionnement quotidien en eau – de gros bidons qu'elles transportent à dos d'âne après les avoir remplis à une source d'eau pure, précieuse, qui jaillit sur les terres de la famille M., une dynastie andalouse encore influente dans toute la région. Six kilomètres aller-retour, plusieurs fois par jour. Et pourtant, malgré la fatigue, elles dansent la fierté d'accueillir.

Dos cambré, l'actrice esquisse à l'intention des Gitanes un geste de main flamenco. Accrochée au bras de David Lean, Ava Gardner rit trop fort. Elle a déjà trop bu.

Une Rolls-Royce s'éloigne…

Le jour même où Ava fait son apparition sur la plage, Roberto et Annibale arrivent à Mineras. Après avoir roulé près de deux mille kilomètres sans jamais vraiment s'arrêter, ils ont cherché toutes affaires cessantes un endroit où déposer leurs sacs. Un jeune garçon, croyant qu'ils appartiennent à l'équipe de cinéma, les envoie chez la Paqua, nom d'une femme tenant une sorte d'auberge où logent une partie des techniciens. Roberto veut courir rejoindre Zefirella. Annibale le convainc de faire une toilette – tous les deux sentent l'étable –, de s'allonger un quart d'heure, puis d'enfiler une chemise propre. Suffocants de chaleur et d'épuisement, ils dorment avant même d'être allongés. Comme Fabrice à Waterloo, ils n'ont rien vu d'Ava Gardner. Seulement croisé une Rolls-Royce qu'ils regardent s'éloigner, les yeux écarquillés, les douze couches de peinture de la Silver Shadow réverbérant une lumière surnaturelle. À l'intérieur, il y avait Ava. Ils pourront toutefois se vanter qu'eux aussi, ils étaient là, à Mineras, le jour où Ava Gardner est venue. Mais ils n'ont rien vu. Pas Ava. Et pas davantage Zefirella. Les décors de la cité d'Aqaba sont désertés. Quelques hommes autour d'un brasero surveillent la ville fantôme, immense, surgie de nulle part. Les deux amis, dépaysés, restent longtemps assis au bord de l'eau à écouter le clapotis d'une vaguelette qui s'échoue à leurs pieds. Face à un ciel bourré d'étoiles qui flashent en permanence, ils ne bougent plus, la force de la Lune les maintient au sol. Était-ce là le but du voyage ? Annibale n'est pas loin de le penser. Lorsqu'un des hommes du brasero leur propose de partager un verre de vin rouge ; sec et madérisé à la fois, ce breuvage étourdissant, digne de grandes libations et produit dans les montagnes de l'arrière-pays, deviendra le vin quotidien d'Annibale. Après la surprise du premier verre, Deva elle aussi l'adoptera.

Toile d'araignée sexuelle

Tout intéresse Deva. Elle remplit des cahiers, liste les faits et gestes qui se rapportent au film et à son contexte, relève notamment la puissance érotique qu'exerce l'Espagne sur les artistes de cette époque, recherchant les liens qui les unissent les uns aux autres. L'influence d'une Ava Gardner attaquant de front le torero Luis Dominguín. L'ombre tutélaire, littéraire et politique d'Ernest Hemingway. S'étonne du gouffre qui sépare une Espagne réelle, souvent pauvre, encore déchirée par les haines de la guerre civile, vivant toujours sous la dictature de Franco, et cette Espagne reconstruite, réinventée, de fêtes et de corridas. Une Espagne pour riches étrangers, où dominent les Anglo-Saxons.

Parmi cette foule qui acclame Ava Gardner sur la plage de Mineras, un lien unit l'actrice à Peter O'Toole. Ils ont déjà couché ensemble. S'il est un inconnu au cinéma, le jeune Irlandais ne l'est pas au théâtre. La rencontre avec Ava a eu lieu à l'Old Vic Theatre, où il excelle dans les rôles principaux du répertoire shakespearien. Liz Taylor aussi l'a repéré. Toujours mariée au chanteur Eddie Fisher, elle n'hésite pas, lors d'un passage à Londres, à le convoquer pour une lecture du scénario de *Cléopâtre* dans sa chambre à l'hôtel Dorchester. Un prétexte, bien sûr, qui incite le jeune comédien à raconter à qui veut l'entendre qu'il va « baiser » Elizabeth Taylor, et il le dit en ces termes frustes dans le but d'exorciser la crainte de ne pas satisfaire la star. Pourtant, il a été à bonne école, comme il l'a souligné lui-même dans ses Mémoires. À Leeds, alors qu'il n'a que treize ans, une dénommée Bubble LaRue, artiste de cabaret, s'est chargée de son éducation. Il s'est sûrement montré à la hauteur, puisqu'il est resté l'amant intermittent de Liz Taylor pendant dix ans, même après qu'elle a épousé Richard Burton. Ce dernier, apprenant la vérité sur la liaison ininterrompue de sa femme alors qu'il tournait à Rome en 1967 *Boom*, de Joseph Losey, se bat comme un chien avec l'acteur. Fou furieux, Burton, comprenant pourquoi il rencontre si souvent « par hasard » l'Irlandais, disparaît plusieurs jours. Il vient de perdre son meilleur compagnon de beuverie. *Boom* est arrêté.

À la différence d'une Katharine Hepburn, qui trouve O'Toole grossier tout en lui reconnaissant un talent indiscutable, Ava n'a jamais été gênée par les manières à l'emporte-pièce de l'acteur. Elle-même les pratique. Ne lui a-t-elle pas dit qu'au lit il vaut dix Clark Gable, mais qu'il n'égale en rien Robert Mitchum ? Quand les journalistes lui demandent ce qu'elle fabrique avec cette demi-portion de Frank Sinatra, tout juste cinquante kilos, elle rétorque : « Oui, mais quarante-neuf centimètres de pénis. » Moins prosaïque, elle aurait pu ajouter : « Et une voix que vous n'aurez jamais. La plus belle du monde. »

Après deux mariages ratés, le premier arrangé par les studios avec l'acteur Mickey Rooney, puis un deuxième avec le musicien Artie Shaw, pervers narcissique qui n'a de cesse de l'humilier, c'est fini, Ava a compris. Elle doit gouverner elle-même sa vie pour ne pas se faire massacrer. Qu'il s'agisse de sexe, d'amour ou de travail, la loi Gardner va s'appliquer autant aux producteurs libidineux qu'aux hommes qui l'approchent de trop près, ses amants y compris. Et surtout à ses amants. Elle choisit de vivre en Espagne, seule enfin, sans crainte d'être jugée, sans comptes à rendre. Elle s'épanouit dans l'excès. C'est son tempérament.

Un an après sa visite sur le tournage de David Lean à Mineras, soit en 1963, alors qu'elle se trouve au Mexique pour jouer dans *La Nuit de l'iguane*, de John Huston, l'actrice se débrouille pour organiser une nuit torride avec Richard Burton, son partenaire dans le film, et Peter O'Toole. Ce dernier est là parce que Elizabeth Taylor est venue tout exprès surveiller les deux hommes de sa vie – son futur mari et son amant secret –, tant elle se méfie d'Ava Gardner. Commentaire d'O'Toole sur la partie à trois, presque timide pour une fois : « On n'a pas été trop de deux ! »

La nuit, c'est Ava qui met en scène. À l'inverse d'une Marilyn Monroe, qui croira jusqu'au bout que certains hommes détiennent le pouvoir de la protéger. À ces hommes-là, Marilyn se livrera avec un entêtement maladif, les appelant au téléphone jusqu'à son dernier souffle, seule dans sa villa, avalant antidépresseurs et somnifères à en oublier son propre nom et finira par mourir dans une chambre en désordre, son bel édredon matelassé, qu'elle emporte de pièce en pièce pour se tenir chaud, ayant roulé en boule au pied du lit.

Le pouvoir d'une sensation

Quand rien n'allait dans la vie d'Annibale, il finissait toujours par proposer : « Et si on faisait des spaghettis ? » Il les préparait selon les règles, avec du parmesan qu'il recevait de Parme. Il renouait ainsi avec sa bonne humeur. Mais il n'a plus besoin de spaghettis pour réchauffer un moral défaillant, il ne pense qu'au plaisir retrouvé. Au fur et à mesure de ses ébats avec Deva, il s'est aperçu qu'il aimait être pénétré. Vierge de toute sodomie. Il se rappelait Roberto, combien il aimait quand Zefirella le léchait entre les fesses. Annibale était peu friand de ce genre de confidences, mais l'image s'était gravée dans un coin de sa tête. Elle lui revenait de loin, nette, lancinante, et pour lui si transgressive. Maintenant il voudrait la revivre à chaque fois qu'il voit Deva. Un après-midi, dans le silence de la sieste, alors qu'elle lui procure ce plaisir, il jouit très fort avec des cris étouffés, avant de retomber sans un mouvement. Il s'est endormi, passant sans frein de la jouissance au sommeil profond. Deva a pris peur. Elle n'a pas envie d'un cadavre dans son lit. Un vieux, oui, un mort, non.

Annibale avait mentionné au cours de leurs discussions que la mère de son fils, alors qu'elle n'avait que vingt-sept ans et lui déjà plus de cinquante, avait pris un amant qu'elle voyait en cachette dans la grande ville voisine. Que cet homme, de plusieurs années son aîné, était mort d'une crise cardiaque dans la chambre d'hôtel où elle le retrouvait. Plus tard, il lui donnera davantage de détails sur cette relation.

Deva est-elle sous l'influence de cette histoire ? Elle a le sentiment vague qu'il pourrait chercher sa mort dans l'étreinte. Comme une scène à rejouer. Elle a compris peu à peu en écoutant les différents récits de sa vie qu'il pouvait être dangereux. Même à son âge. Surtout à son âge. Par exemple, elle a été sidérée d'apprendre qu'il s'était enrôlé dans la Légion étrangère. Il a une force surprenante. Un jour qu'elle lui dit préférer les bains à la douche, elle le voit arriver portant une baignoire sur son dos, les jambes fléchies, supportant sacrément bien le poids de son fardeau. La monomanie sexuelle ennuie vite Deva. Elle a quitté un amant exceptionnel le jour où il a décrété ne plus pouvoir jouir autrement qu'avec les testicules attachés. Fétichisme. Station obligée. Elle ne souhaite pas qu'Annibale perde son imagination, son goût à surprendre. Cette petite scène au cours de laquelle le brusque sommeil, presque un évanouissement, lui est tombé dessus sans transition et a réactivé chez elle la sensation, depuis lors enfouie, mais qui l'avait fort troublée à leur premier baiser. Celle d'un palais aussi lisse qu'un jouet d'enfant. L'information, qu'elle s'était empressée d'oublier, avait néanmoins provoqué chez elle un infime mouvement de rétraction involontaire.

Il faudrait écrire une histoire du corps dans son rapport à ce qui est lisse, songe Deva. Quand on est jeune, aucun petit morceau d'aliment ne se coince entre les dents. Aucune trace de papier hygiénique ne vient roulotter tout en haut de la raie des fesses. Rien ne s'agrippe, tout est lisse, rebondi. Tout est toboggan. Puis d'une manière insoupçonnée les dents se déplacent, la peau se plisse, et le corps retient, accroche comme un vieil avare. Avec l'âge, le lisse devient louche, un artifice sous l'action des produits étrangers. Lisse des joues gonflées à l'acide hyaluronique, des seins siliconés, des sexes refaits, agrandis, rétrécis ; des ventres et des cuisses liposucés, des bras dégraissés.

La voûte palatiale que le baiser explore, vraie peau de bébé, détient le record de la surface lisse au naturel. Cette zone chez Annibale surprit Deva. Elle recula sa langue, comme si elle avait opéré une incursion en territoire interdit. Presque une effraction. Pas envie de savoir, pas tout de suite. La nature de l'objet est cependant confirmée quand elle pénètre inopinément dans la salle de bains de son ami et qu'elle le voit oublié dans le verre à dents, le bien nommé. Ce n'est pourtant pas l'électrochoc auquel elle aurait pu s'attendre. Comme Annibale ne cherche pas à avoir l'air jeune, il n'en fait pas un mystère. Face à une situation inédite, c'est elle qui se sent gênée.

Bon, se dit-elle, je ne vais pas faire toute une histoire de ce qui était prévisible. Un dentier vient d'entrer dans sa vie. Et Deva se pose la question : qu'est-ce qu'un être humain retire quand il va au lit, à part ses vêtements ? Ses dents, oui, mais encore ? La prothèse d'un membre. Des lentilles de contact. Une perruque, un toupet. Elle apprend la vieillesse avant d'être vieille. C'est excitant, parce que ça fait peur, parce que ça oblige à garder les yeux ouverts. Pour la première fois de sa vie, Deva envisage, sans être totalement convaincue, que d'autres mécanismes de séduction peuvent se substituer à ceux qu'elle connaissait. Elle ne demande qu'à voir. Qu'a-t-elle à perdre ?

Mutations

Quand Deva entre pour la première fois chez Annibale, le lecteur s'en souvient peut-être, il y a ce jeune lévrier des sables qui jappe sans raison. Pour elle, c'est l'animal mutant par excellence, pour lequel elle éprouve autant de fascination que de dégoût. Sous les poils beiges affleure une peau rosée qui fait horreur, des côtes trop apparentes. Des yeux si jaunes que la bête semble porter des lentilles. Elle compare le corps de cet animal à celui des humains, qui possède lui aussi ce pouvoir de muter au fur et à mesure des différentes étapes de la vie. Et la chirurgie esthétique n'y peut rien. Au contraire, elle accentue l'animalité des visages, le côté hamster des joues trop gonflées, ou l'aspect tigresse d'une peau tirée à craquer, les lèvres caoutchouteuses en forme de babines, les yeux réduits à des fentes.

Mais les femmes s'en moquent qui se livrent à ces transformations. Elles obtiennent la seule chose qui compte pour elles : que nul ne puisse deviner leur âge. Peu leur importe que le masque qu'elles arborent les rende méconnaissables, ou même les enlaidisse. Elles n'ont plus d'âge et s'en réjouissent. Elles font partie d'une communauté. Celle des retouchées. Rien à voir avec les vieilles ridées.

Est-ce un hasard ? Deva a emporté dans ses bagages un livre intitulé *Consumed*, écrit par le réalisateur David Cronenberg, dont elle a aimé tous les films. Elle n'a pas même regardé le sujet, ni vu qu'il s'agissait d'un premier roman écrit à soixante-quatre ans par l'auteur d'un cinéma quasi pathologique, où tout ce qui crée l'effroi est source d'excitation sexuelle. Un axiome que le cinéaste, devenu romancier, applique au thème de la corrosion des corps au sein d'un couple. Il s'agit d'Aristide et de Célestine, deux universitaires de réputation internationale, qui utilisent le sexe pour renforcer leur domination sur quelques élèves subjugués. Ce sujet des métamorphoses corporelles, peu abordé dans la littérature, *Consumed*, comme son titre l'indique, l'épuise jusqu'à la dévoration, *stricto sensu*, puisque l'héroïne, ayant été découpée en morceaux, y sera en partie mangée.

Il ne s'agit pas ici de raconter le livre. À la recherche de tout ce qui pourrait éloigner la maladie et le vieillissement, prêts à servir de cobayes pour obtenir ce qu'ils veulent, cet homme et cette femme n'hésitent pas à pénétrer le monde obscur des recherches illégales des technosciences. C'est Aristide qui parle : « Par exemple, je ne gicle plus. Je me contente de suinter de la plus glauque des manières, comme une pustule crevée. Pour moi, les scènes d'éjaculation dans les vidéos pornos, du genre glaçage de gâteau au pistolet, relèvent exclusivement de la pure science-fiction, des images de synthèse et des effets spéciaux. » Et de constater : « Avec le temps, ces handicaps sexuels apparaissent petit à petit, en général les vieux couples s'en accommodent, et ce ne sont donc des motifs de honte ni pour l'un ni pour l'autre, ils prennent part à la comédie domestique du troisième âge que l'on se promet d'écrire ensemble, mais par bonheur les mémoires ne sont pas très bonnes et l'on oublie de la faire. Mais pour une jeune personne, être jetée dans la cage d'un lion vieillissant… »

Le passage lapidaire sur la sexualité postménopausée de Célestine laisse présager le pire – notamment les raisons qui, d'après les commentaires de son mari, la rendraient inapte à la sodomie.

Cronenberg expose sans fard ce que l'on refuse de voir. La proximité de l'homme et de son propre monstre décrépit et l'obligation qu'il a de vivre avec. Les indices du déclin se dévoilent plus lentement quand on se côtoie chaque jour, mais ils sautent aux yeux pour quelqu'un qui déshabille pour la première fois une peau flétrie. Quand on vit ensemble, il y a la politesse du silence. Même si certains couples trouvent là, dans l'affaissement des chairs, l'occasion offerte de se défouler en se jetant des horreurs à la gueule.

La vieillesse, passage sans balises, saturé de pièges et de doutes, le plus difficile qui serait gardé pour la fin, telle une poire pour la soif ? Un travail à plein temps qu'il convient d'aborder sans s'affoler. Mais comment ? À regarder Annibale, elle comprend qu'à l'idée rebattue et gnangnan du grand âge qui serait « un naufrage » il y a d'autres voies, notamment celle d'une paix armée avec soi-même. Une discipline qui ne s'improvise pas. Qui exige anticipation et cran.

Certaines phrases du roman de Cronenberg s'impriment dans sa tête. À haute voix, elle les lit à Annibale, qui l'arrête tout de suite. « Fille, si tu pouvais garder toutes ces bêtises pour toi. Merci ! Vis ta vie et laisse la mienne en paix. » Elle n'insiste pas. Pendant longtemps, Deva sut qu'elle avait beaucoup appris dans les romans. Elle pressentait que les nouvelles orientations à donner à sa vie, c'était en elle qu'elle les trouverait, et non plus ailleurs. La conviction qu'à un moment ou un autre, il fallait simplifier, se dégager.

Vieillir, est-ce vivre avec un inconnu qu'on ne reconnaît plus dans la glace ? Peut-être qu'Alzheimer naît de ce refus de ne pas vouloir continuer plus avant dans la vie avec cette nouvelle sale gueule de vieux ?

Deva n'en était pas là. Mais cette phrase de Cronenberg – « pour une jeune personne, être jetée dans la cage d'un lion vieillissant… » – semble écrite tout exprès pour les femmes d'Annibale, s'adressant autant à Lucia, la mère de son fils, qu'à Christiane, sa troisième épouse, qui furent toutes deux jetées dans cette cage du lion dont parle l'écrivain : la cage d'Annibale. Il y a de l'ogre chez lui, ça se voit à l'œil nu. Deva, outre qu'elle n'est plus une jeune personne, sait par expérience que l'ogre se décline aussi au féminin. Ogresse. Dans ce mot, il y a graisse, celle qui protège des agresseurs. Personne ne l'a jamais mangée parce qu'elle n'a jamais cherché à se faire protéger par qui que ce soit. Refuser d'être dévorée toute crue, au propre comme au figuré, fait-il de vous une ogresse ? Deva ne saurait trancher.

Si Annibale a commis une erreur d'appréciation à son sujet, c'est celle de ne pas se rendre compte qu'elle avance dans la quarantaine. Elle a trente ans de moins, pour lui, c'est l'essentiel. Deva, de toute façon, n'est pas certaine d'avoir aimé ses vingt ans et des poussières. Trop occupée alors à tout apprendre au cours de cette décennie. À vivre le jour, la nuit, et à recevoir de rudes leçons. Trop occupée à explorer, à avancer, elle emmagasine, elle accumule, pas le temps de faire le tri. Tout est frontal. Études, sexe, amour, politique, trahisons, libertinage, fêtes et… premiers boulots. Seule pour tout, mais avec une énergie de volcan.

« Fille, tu me rencontres maintenant, je suis vieux et tout plissé et toi tu es encore belle et tu le sais », aime-t-il la complimenter. Appréciant à sa juste valeur le « encore », elle observe sur ses bras la progression possible du « plissé », un peu à la façon du tissu Fortuny aux fronces serrées et irrégulières, qui même étiré reprend sa forme initiale. Profitons-en pour rappeler que Fortuny, créateur de génie et aussi inventeur, même s'il a passé sa vie à Venise où il meurt en 1949, est un natif de Grenade, un Andalou pur sucre. Un bras qui se relâche n'offre pas de retour en arrière possible, sauf à travailler chaque jour avec des haltères, sauf à faire appel à la chirurgie, et, dans cette hypothèse, de longues cicatrices sont à prévoir. Oui, Annibale a raison, rien d'alarmant pour Deva, et il a l'œil. Mais elle aussi.

Pour ses bras, elle surveille, refusant de se désespérer de ce qui n'est pas encore advenu. Ne jamais anticiper le pire et se battre jusqu'au bout, c'était un de ses mantras personnels.

C'est vrai qu'elle le surprend à la regarder en douce, comme s'il l'étudiait. C'est vrai qu'il ne connaît que les jeunes femmes. La dernière, Christiane, avait tout juste trente ans. Annibale expérimente avec Deva un versant du féminin qu'il ignore, celui d'une femme de presque cinquante ans. Et elle, elle se tient aux côtés d'un homme qui galope maintenant vers ses quatre-vingt-dix ans. Ils n'en finissent pas de s'initier l'un l'autre à des territoires inconnus.

Est-ce là le socle de leur relation ? s'interroge de nouveau Deva.

Annibale enfant

Les femmes ont éduqué Annibale. Seul la plupart du temps, il les a beaucoup observées. Il est le fils d'une très jeune femme, la fille de sa belle grand-mère, jusque-là tout est normal. Sinon qu'à dix-huit ans, scandaleuse et folle amoureuse, sa mère fugua avec le ténor le plus en vue du Teatro Regio de Turin. Dans ce théâtre où la famille réservait une loge à l'année, mère et fille étaient des habituées. Les deux amants embarquèrent sans tarder pour l'Amérique du Sud. Quelques années plus tard, avec un bébé sur les bras, elle revenait demander de l'aide à sa mère. Cette dernière ne voulut rien entendre, consentant seulement à ce qu'elle lui laisse l'enfant et qu'elle disparaisse. La fille accepta le marché et lui remit son fils. Elle n'avait pas le choix, la mort brutale du ténor à l'étranger l'avait laissée sans ressources et forcée à revenir en Italie. Toutefois, connaissant le snobisme maternel, elle se garda bien de lui annoncer que ce bébé n'était pas celui du ténor, dissimulant ainsi l'identité du père, celle d'un jeune homme, mort lui aussi, juste avant la naissance. Que faire d'un nourrisson quand on n'a plus rien ?

Annibale raconte à Deva que, au moment du transfert des mains de sa mère à celles de sa grand-mère, il a dépéri, brûlant d'une fièvre inexplicable, passant plusieurs jours entre la vie et la mort. Le curé vient, et sa grand-mère, jamais prise de court, fait livrer d'urgence un cercueil blanc. Il en réchappe mais gardera assez longtemps le surnom d'« enfant de cire » que lui valut l'épisode. Un bébé qui refuse de toutes ses forces sa condition d'otage, paquet encombrant qu'on se repasse de main en main. C'est Miche, la cuisinière, qui lui a répété cent fois l'histoire de sa mort annoncée. Alba, l'intendante, par ailleurs épouse du chauffeur, veille, elle aussi, sur ce petit garçon dont personne ne veut.

Ce petit-fils imprévu gêne sa grand-mère, d'autant qu'elle s'absente souvent pour voyager avec son riche protecteur. L'enfant s'ennuie dans la maison patricienne, bâtisse fortifiée qui dès le début du XXe siècle avait été encerclée par les villas que les Turinois faisaient construire pour venir respirer le bon air. Tout le monde skie dans le village, et Annibale le premier. Et même très bien. Il faut l'occuper. Très tôt, il commence de nombreuses activités. Sa grand-mère l'initie au bridge, lui montre comment tricher et en fait son partenaire quand il manque un quatrième joueur. Le chauffeur, dès que les pieds du garçon atteignent les pédales, lui apprend à conduire en avançant au maximum le siège. Quand il ne s'entraîne pas au tennis, il s'amuse au foot avec les enfants du village, qui, Annibale s'en souvient, le trouvent trop bien habillé, alors il revient exprès tout boueux. Mais ce n'est pas tout. Alba, dont la famille possède des moutons dans la montagne proche, a toujours de longs écheveaux de laine à mettre en pelotes. Il l'aide, elle lui montre comment tricoter en rond avec quatre aiguilles. Des bonnets, des chaussettes. Elle brode, il brode. Elle repasse, il repasse. Elle raccommode, il rapièce.

C'est un enfant hyperactif. Il fait tout pour qu'on le remarque. Quand sa grand-mère déjeune, il tourne à toute vitesse autour de la table avec son tricycle. Un jour qu'il ne s'agite pas plus que d'habitude, elle appelle Alba pour lui signifier de le garder à la cuisine pendant qu'elle prendra ses repas. La grand-mère attendra qu'Annibale fête ses dix ans pour l'envoyer pensionnaire dans un établissement réputé de la province de Varèse, en Lombardie.

Dans ce pensionnat trop chic, l'enfant est perdu. Une femme le visite en cachette. C'est sa mère. Il ne se la rappelle plus très bien. Miche, la cuisinière, a réussi à rester en contact avec la fille de sa patronne. « Ma mère pleurait beaucoup, se souvient Annibale. Elle ressemblait trait pour trait à ma grand-mère. Elle était aussi belle qu'elle, moins grande peut-être. Mais elle ne venait pas souvent. Quant à ma grand-mère, il lui arrivait de m'oublier pendant les vacances de Noël ou de Pâques. Pâques, c'était le début des beaux jours, et rien n'aurait pu l'empêcher de partir en villégiature à Stresa, sur le lac Majeur. Une fois ou deux, elle m'a emmené avec elle. Son amant était là, toujours à ses côtés. C'est beaucoup plus tard que j'ai compris qu'il était le père de ma mère, donc mon grand-père, mais qu'il était déjà marié, et qu'il n'était pas question qu'il divorce. Ma grand-mère avait des idées très progressistes et assumait sans problème sa fille née hors mariage. En 1902, alors qu'elle était à l'université, il y avait seulement deux filles dans sa section. Elle fumait, buvait de l'alcool, jurait sans se priver. Jamais je ne l'ai vue verser la moindre larme. » Quand elle s'absentait, Annibale traînassait autour de sa coiffeuse sentant les effluves de *Tabac blond*, un parfum de chez Caron, un poudré créé en 1919 pour les hommes, adopté par les garçonnes, ces femmes qui dans les années 1920 revendiquaient leur liberté, l'affichant à travers leurs cheveux coupés court et la souplesse de vêtements portés sans corset. L'allure de son aïeule si moderne.

Annibale comprend trop jeune qu'il y a mille manières d'aimer. Toutes l'ont rendu malheureux. L'amour pervers et cruel de sa grand-mère. L'amour éploré de sa mère. L'amour de Miche et d'Alba, trop empreint de pitié. « En fait, dit-il, je me suis rendu compte que tout ce que j'ai eu quand j'étais petit, je le devais à l'amant de ma grand-mère, homme politique très connu qu'on appelait "El Commendatore". Je le voyais assez souvent. Il me faisait faire des chaussures et des chemises à mes mesures. J'étais l'enfant trop gâté dont on se débarrasse. »

À plus de quatre-vingts ans, Annibale porte toujours autour du cou une chaîne qui réunit la croix de l'ordre de Malte ayant appartenu à l'amant, et sa première dent de lait, une incisive que sa grand-mère a fait enchâsser dans une fine monture en or. Deux amulettes auxquelles il tient plus que tout. Deva lui demande sa dent de lait. C'est bien la seule chose qu'il lui a refusée. Tout au long de sa vie, d'instinct, il s'est appliqué à lui-même le principe de l'autocompassion, se soulageant ainsi de cette enfance calamiteuse. Dans laquelle il continue à puiser sa raison d'être et des explications à tout ce qui lui arrive. Il en a fait sa source vive. Il chérit comme un trésor son amour de la neige, le sentiment de liberté qu'il avait à gambader tout autour de la maison familiale, sillonnant à son gré les prés et les champs.

« Quand j'étais jeune, blond et beau, les femmes, je ne les regardais pas, écrit-il dans un carnet, mais j'étais toujours parti à courir avec mes chiens le long d'un petit torrent de montagne qui prenait sa source à quelques kilomètres. À un endroit, il y avait un moulin et de larges pierres plates sur lesquelles les filles s'allongeaient au soleil. Un jour, j'en vis deux qui se mirent à pousser des cris. Ce n'est pas de moi qu'elles avaient peur, bien sûr, mais des chiens. Je cherchai à les tranquilliser en leur disant que les chiens mordaient sûrement moins qu'elles. Elles me crurent, car quand je repassai, elles ne bougèrent pas d'un orteil, même si mes chiens les plus curieux allèrent les flairer. »

Il accompagne ce souvenir d'un dessin de roches plates aux couleurs violentes sur lesquelles deux filles nues, minces et longues, reposent alanguies. Rien à voir avec le paysage réel, mais tout avec la force d'un souvenir érotique conservé intact.

Annibale n'aura de cesse de répéter à Deva qu'il veut après sa mort que ses cendres soient jetées à cet endroit précis du torrent.

Azucena prise à son propre piège

Calme plat dans la maison d'Annibale. Et mon agent me relance. J'ai osé lui envoyer quelques dessins, il ne les aime pas. Il a même eu une phrase qui m'a blessée : « Où est passée la dévotion de l'homme envers cette femme ? » Je trahissais Annibale une deuxième fois. La première en me servant de ses amours avec elle. La seconde en m'entêtant à présenter des dessins nuls.

Il fallait bien que je trouve une solution.

Apprenant qu'elle était arrivée la veille, je suis passée vers les dix heures du soir, à tout hasard. Elle était assise sur ses genoux, un bras enlaçant son cou, ils dînaient. J'ai envié la liberté de leurs gestes, leur façon d'être hors du monde, ensemble. Pas de chance, elle m'a entendue. Elle s'est levée, m'a offert une coupe, c'était son anniversaire. Elle portait un chemisier noir transparent, très beau, une mousseline sûrement, des sandales en velours vert foncé à très hauts talons. Elle avait les jambes nues. Et pourtant c'était l'hiver. Je suis restée un quart d'heure avec eux, le temps de boire un verre à sa santé, puis je suis partie. Ils ne m'ont pas retenue.

J'ai tourné autour du pâté de maisons. Ce soir-là les vagues fracassaient la nuit. Le vent sifflait sans interruption. Au loin, on entendait les sirènes des paquebots pris dans la tempête. Je savais que ce déchaînement envahissait les maisons, submergeait tous les autres bruits, ceux de la vie quotidienne, les pas, les voix. Je tentai de nouveau une entrée discrète, on ne sait jamais. La porte arrière entrouverte, presque toutes les lumières éteintes. Devant la cheminée, enroulée dans une grande couverture, elle était allongée au plus près du feu. Lui, il finissait son dessert, des petits gâteaux qu'il avait disposés entre ses fesses très cambrées, bouchées sucrées qui faisaient la fierté de la meilleure pâtisserie du village. Il se régalait, léchait autant qu'il le pouvait. Ils avaient l'air complètement partis ailleurs, leurs mouvements étaient lents, mais je me méfiais d'elle, elle avait une ouïe de chien de chasse. J'en avais assez vu. Quand je rentrai chez moi, peu après minuit, mes parents finissaient de dîner avec mon oncle. J'avalai une assiette de soupe et montai dans ma chambre, obsédée par la manière dont j'allais rendre dans mon dessin le ralenti de leurs reptations. En bas, j'entendais mon oncle accorder sa guitare. Il est connu dans tout le village pour sa voix. Les touristes le croient gitan. Il était un ami de longue date de Manolo Cordoba, un chanteur admiré de tous, qui a travaillé au village comme serveur. Mon oncle, lui, quand il ne chante pas, il est chômeur.

L'agent m'a tout de suite téléphoné. Il a beaucoup aimé que je mette juste un peu de couleurs sur les minigâteaux. *Pastel* est la traduction du mot « gâteau », et ce mot espagnol, je sais qu'il l'enchante, elle, qu'elle lui trouve un charme qu'il n'a pas en français.

Crème fouettée

Nourriture et sexe, Deva n'a jamais trouvé le mélange excitant. Miel, confiture, odeurs de fruits ou de chocolat des lubrifiants lui donnent la nausée. Mais ce soir-là, assez ivre pour avoir bu un alcool amer fabriqué dans la sierra, elle met un certain temps avant de comprendre en quoi consistait la séance. Elle en a apprécié l'ardeur, repérant cependant que la langue n'était pas constamment au contact de sa peau. Ces petits gâteaux, sucrés à outrance, ont stimulé Annibale, donnant à ce léchage la légèreté d'une crème fouettée. Il a réussi son coup parce qu'il n'était pas prémédité. Lui aurait-il demandé son accord qu'elle aurait probablement tergiversé, en souvenir d'un imbécile qui n'avait rien trouvé de plus malin à faire, préoccupé de s'assurer si elle était juive ou pas, que d'envelopper sa queue dans des morceaux de jambon. Raciste dissimulé, excellent coup par ailleurs, mais quitté aussitôt qu'elle eut compris la manœuvre.

Ce soir-là, Annibale et Deva avaient également joué comme des enfants pas sages à chatte-fourrée, il fallait bien finir les mignardises, puis ont enchaîné avec des bougies attrapées dans les chandeliers à portée de main, jamais satisfaits, la crème fondante favorisant les va-et-vient. Ils finirent par s'endormir devant le feu éteint depuis longtemps. Le froid du matin les réveilla, glacés, collants.

Deva est loin de se douter qu'Azucena puisse rôder dans la maison. Le comportement de la jeune femme a changé, sa façon de se vêtir aussi. Elle troque de temps en temps ses survêtements pour des jupettes adorables. Un mètre quatre-vingts, musculature de nageuse en eau libre, des atouts qu'elle dissimule, mais qui lui ont valu de poser dans les ateliers des Beaux-Arts.

Azucena veut réussir, c'est ce qu'elle a annoncé à Deva. Elle rêve d'avoir de l'argent, peut-être même d'être riche. Deva doute qu'elle pense à son travail d'artiste pour arriver à ses fins. La jeune femme s'est plainte un jour de ressembler à un loup, avec son visage en lame de couteau, ses yeux fendus sur les tempes, et jusqu'à la couleur grise de ses prunelles qui, disait-elle, accentuait cette apparence lupine. Elle commence cependant à imaginer comment tirer parti de son physique original. Et pour la première fois, elle se pose la question de reprendre ses études d'art. Consciente qu'il lui faudra de nouveau s'éloigner de Mineras.

De la guerre du désert à la Légion étrangère

Annibale perd sa belle grand-mère quand la guerre de 1939-1940 éclate. L'Italie est du côté des Allemands. Il ne sait pas grand-chose de cette guerre annoncée. Il vient de finir sa scolarité dans son lycée fréquenté par des fils de riches et pas mal d'étrangers, un ensemble hétéroclite et cosmopolite qui leur a permis d'échapper à l'application zélée du règlement mussolinien embrigadant la jeunesse.

Une fois son aïeule enterrée dans la chapelle qu'elle a fait construire au cimetière, il se sent orphelin, livré à lui-même. Le chauffeur s'est porté volontaire. Miche et Alba tiennent la maison, mais pour combien de temps ? Elles ont peur, veulent retourner dans leurs familles mais n'osent pas laisser le « petit » tout seul.

Tous ses copains s'engagent. Pour se rassurer, il fait comme eux.

Alors que toute sa classe d'âge est rassemblée dans une école, un gradé passe dans les rangs pour demander si l'un d'entre eux sait conduire. Par pur réflexe, il lève le doigt. Le jour même, muté d'office dans les chars, il part pour Bologne se former. Tandis que ses amis d'enfance, champions de ski ou d'escalade en haute montagne, rejoignent les rangs des *bersaglieri*, sortes de chasseurs alpins italiens reconnaissables à leurs immenses chapeaux à plumes. Après six mois d'entraînement express, il ressort avec un grade – Deva ne se rappelle plus lequel. L'armée a remarqué son esprit inventif, son aptitude à démonter et à remonter le plus complexe des mécanismes. Conducteur de char, il est envoyé faire la guerre en Libye. C'est là qu'il connaîtra Roberto.

La vie soudain va plus vite que sa pensée. C'est l'engrenage. Débarqué non loin de Tripoli, le jeune conscrit ne tarde pas à comprendre qu'il n'est pas du bon côté, découvre que le glorieux empire de son pays se résume à peu de chose. Les enjeux sont ailleurs. Les Italiens vont servir d'unités de combat auxiliaires aux Allemands pour percer la VIIIe armée britannique, qui protège l'Égypte et la route qui conduit jusqu'aux puits de pétrole. Annibale et son détachement de caristes vont mener cette guerre aux côtés des panzers de Rommel et des forces de l'Afrikakorps. Habitué aux topographies montagneuses, il saisit en un clin d'œil, dans cette immensité plate, quelles cibles toutes désignées à l'aviation ennemie offrent les chars. « On se sentait comme des fourmis sur une plaque de marbre. Quand on entendait les avions, on se jetait au sol tout en continuant de regarder vers le haut. Si les avions étaient loin d'être perpendiculaires à notre position, les bombes pouvaient nous tomber dessus. La peur, oui, mais aussi la rage d'être à ce point impuissants. » Autant de souvenirs qu'il évoque les poings serrés. « Le désert te désigne aux pilotes : "Regardez le petit Italien avec son pantalon kaki et ses sandales aux pieds, c'est lui ! Allez-y, boum, tirez !" »

Et puis, un jour, le tendre Beppo est mort. La guerre est presque finie. Obéissant aux ordres reçus, Annibale et ses hommes remontent sans s'arrêter vers la Tunisie. C'est la nuit. Deux d'entre eux dorment sur le capot, lessivés de fatigue, un autre est dans la tourelle. C'est Annibale qui conduit. « J'ai tué un homme de vingt ans qui s'appelait Beppo Montale. Il était de Milan. Le char déséquilibré dans un virage s'est mis à capoter avant de basculer. Montale, qui dormait à poings fermés, fut jeté à terre et le char lui est tombé dessus. Quand un autre char est venu nous sortir de là, j'ai pris la main de Beppo, épargnée par miracle, je l'ai tenue un moment dans la mienne et j'ai pleuré. C'est ça, la guerre, fille. Il avait vingt ans, moi, vingt-deux. » Dans le cahier qu'il rédige pour Deva, il raconte cette tragédie, accompagnée d'un dessin intitulé *Fleurs pour Beppo Montale*, juste quelques liserons bleus, et la date : « Nuit du 22 au 23 janvier 1943 ». Un ami mort, une vie foutue. Ce jour-là, il s'est juré de ne plus jamais exécuter un ordre quel qu'il soit. Désormais, il en attendrait la confirmation avant d'obéir, les contrordres se multipliant dans cette débâcle. Il mettrait ses soldats à l'abri autant qu'il était possible de le faire. Ses hommes dorénavant mourraient de dysenterie, de soif, de folie hallucinatoire, d'une balle ennemie, dans l'explosion même de leur char, mais plus jamais par sa faute, tant la mort de ce jeune combattant l'obsédait. Quand les Alliés gagnèrent la guerre du désert, la déroute des Italiens fut totale.

Arrivé non loin de la ville de Zaghouan, située au sud de Tunis, Annibale, avec son instinct naturel, parlant le français et ayant appris comment survivre dans le désert, voulut bifurquer vers l'Algérie et rejoindre Sidi Bel Abbès au plus vite pour intégrer la Légion étrangère française. Cette guerre était si peu la sienne. Un seul le suivit : Roberto. Les deux amis se séparèrent du groupe, tandis que la majorité, profondément attachée à Mussolini, se dirigea vers les plages, tentant de gagner des barges d'embarquement. La plupart d'entre eux furent faits prisonniers par les Anglais avant même d'arriver à la mer. Annibale avait vu juste, lui et son compatriote signèrent à la Légion étrangère.

Deva voudrait poser des questions. Mais, toujours, Annibale bute sur la mort de Beppo écrasé par le char. Il préfère enchaîner sur la jeune Claudine, la fille d'un colonel de la Légion qui avait de si belles cuisses et avec laquelle il jouait au tennis. Les deux Italiens ne sont pas engagés, on s'en doute, dans des unités combattantes. Deva apprend qu'il en allait de même avec les Allemands, qui avaient toujours fourni un important contingent d'hommes à cette unité d'élite. Avec l'arrivée des nazis au pouvoir, des agents n'hésitent pas à infiltrer la Légion pour obliger leurs concitoyens à retourner en Allemagne se soumettre aux ordres du Führer. Ils ne sont pas nombreux à se laisser convaincre.

Et si Deva insiste, il cite Moravia : « C'est ce que l'on est forcé de faire qui forme le caractère, pas ce que nous faisons de notre libre volonté. »

Plus tard, il lui dira combien au moment de la bataille de Bir Hakeim les forces italo-allemandes motorisées avaient été impressionnées par la résistance des Forces françaises libres, et parmi elles la Légion étrangère, camouflées dans le sable avec seulement des canons. Que cette bravoure au combat avait peut-être influencé son choix. Sa vie mouvementée, dont à chaque fois il révèle à Deva une séquence inconnue, contribue à la séduction d'Annibale.

C'est peu de dire qu'il ne ressemble à personne qu'elle connaisse. Sa vie d'enfant mal-aimé, puis d'adulte confronté aux conflits du XXe siècle, la passionne, tout autant que sa manière de la mettre en scène et de la vivre comme un acteur son rôle. Avec distance et intensité. Avec des phrases qui chutent en murmure, avec des silences. Et du chagrin.

Sur la faculté qu'aurait Deva à l'écouter, Annibale ne s'est pas trompé. Outre le roman de sa vie, il a décidé de lui confier des récits d'un tout autre genre. Des histoires qu'il tient des nombreuses femmes qui s'arrêtent, intriguées, devant sa maison et qu'il invite parfois à entrer. Des confidences de femmes en vacances, de femmes qui voyagent et qui savent qu'elles ne reverront jamais cet individu si étrange. Elles lui disent leurs relations intimes avec les hommes, avec leurs maris, et avec d'autres femmes. En confiance avec lui, elles se sentent libres. Quelques récits datent d'avant Deva, d'autres surgiront après leur rencontre, quand Annibale aura compris qu'il ne l'épousera pas, qu'elle ne viendra pas non plus habiter avec lui, qu'elle n'acceptera pas davantage d'aller chez le notaire pour qu'il lui fasse don de son exceptionnelle maison. Au prétexte qu'il ne veut pas que son fils en hérite, car il déteste sa belle-fille. Une explication que Deva trouve peu convaincante. Mais comme toujours avec lui, un événement en cache un autre. En l'occurrence, un épisode rocambolesque avec l'une des jeunes femmes qui ont croisé sa route quand il rentra de la guerre.

Quand Beatriz devient Paul B.

C'est l'été. Deva a rejoint Annibale pour trois semaines. Elle repense aux deux dernières conversations qu'elle vient d'avoir avec Azucena. À la fébrilité de la jeune femme, à l'urgence qu'elle mettait dans ses questions. Il lui manque un bagage théorique pour aller plus loin dans son travail. Elle va reprendre les Beaux-Arts, mais à Madrid. Elle veut se mettre à l'anglais en même temps qu'au français. La première de leurs discussions a concerné la philosophe Beatriz Preciado, sa compatriote, qui, à l'époque, n'a pas encore changé d'identité sexuelle. Deva lui en a déjà dit quelques mots. Maintenant elle veut en savoir plus. Notamment comment cette intellectuelle, enseignante à Princeton et dans différentes universités européennes, dont Paris, utilise sa position et les institutions comme champ d'expérimentation d'une pensée radicale et concrète sur la liberté, le genre et le politique. Pas une théorie qu'elle ne vérifie par une pratique immédiate. Elle prolonge cette démarche dans des actions artistiques, notamment au musée d'Art contemporain de Barcelone, où elle dirige un programme d'étude indépendant.

Deva conseille à Azucena la lecture de *Testo Junkie*. Un essai devenu culte, datant de la fin des années 2000, dans lequel la philosophe analyse la manière dont les industries pornographique et pharmaceutique sont en train de prendre possession de nos corps et de nos cerveaux. Elle appuie sa démonstration sur son expérience personnelle, entrelaçant la relation amoureuse qui l'unit à l'écrivaine Virginie Despentes et les prises de testostérone qu'elle s'autoadministre. Le lecteur suit ses transformations au fur et à mesure qu'elle se masculinise. C'est édifiant. N'importe quelle fille ou femme ne peut qu'avoir l'envie immédiate de l'imiter pour se sentir plus forte, plus assurée, notamment dans la sphère publique. Dans la rue, au travail. Bref : partout.

En 2015, la philosophe achèvera sa transformation pour devenir Paul B. Preciado, le garçon qui l'habitait, tout en gardant le B. de « Beatriz », trace discrète autant qu'ineffaçable de la femme qu'il a été pendant près de cinquante ans. Dans les médias, il évoque son bonheur à être devenu, non pas un homme hétérosexuel blanc, mais un « transviril », à l'issue d'un travail de « désidentification » toujours à l'œuvre, pour reprendre ses propres termes, insistant sur la nécessité d'inventer des concepts et des mots neufs. Deva suit avec attention ce combat qui vise à l'élargissement des sexualités. Plus que l'ensemble des livres de toutes les théoriciennes américaines du genre, elle est sensible à la pensée de ce travail vivant, réfléchi et argumenté par quelqu'un dont le métier est justement de mettre des mots sur les choses. Preciado, le si bien nommé, s'en saisit comme d'un enjeu philosophique et dégage, sous les tonnes de la pensée normative séculaire, un récit depuis toujours maintenu enfoui. Vigilant cependant, pour ne pas dire méfiant, à ne pas ensevelir à son tour ce fragile ouvrage sous une accumulation d'étiquettes identitaires. À le laisser vif.

Sur l'ordinateur de Deva, Azucena observe Paul B., un homme mince, aux traits fins. « Ses yeux disent qu'il revient d'une très longue marche », note-t-elle.

Au cours de la seconde discussion, la jeune Espagnole manifeste des idées apparemment bien arrêtées. Elle a réfléchi et souhaite commencer un travail sous la tutelle d'une performeuse des années 1960 à laquelle elle rendrait hommage. S'appuyant sur quelques noms suggérés par Deva, elle a alors effectué ses propres recherches. Marina Abramovic, trop référentielle. Sophie Calle, trop française. Orlan, oui, elle aime bien, Gina Pane, non, elle lui fiche la trouille. Assez vite, elle retient l'Américaine Carolee Schneemann et sa performance *Meat Joy*. Un monument de l'histoire de l'art et du *happening*, avec ses enchevêtrements orgiaques d'interprètes nus qui dansent tout en se débattant avec viande, poulets mal plumés et poisson cru.

La voilà qui ressort toute ragaillardie d'avoir plongé dans l'univers de ces artistes femmes qui, quarante ans auparavant, ont tout dit avant tout le monde et du sexe et du genre, obligées d'utiliser leur propre corps et leur nudité dans le but de se rendre visibles dans un univers artistique colonisé par les hommes. Que va-t-elle bien pouvoir faire avec *Meat Joy* ? se demande Deva. Azucena essaie-t-elle par ce travail de se réfugier sous la bannière d'une mode qui traverse depuis plusieurs années tant de disciplines artistiques ? Et, reprendre à son compte, elle aussi, la liberté des *seventies*. De la révolution sexuelle à la montée des féminismes.

Après tout, qu'elle se débrouille. À Mineras, Deva coupe court à tout ce qui la relie à son métier. Elle approuve toutefois le choix de cette Américaine méconnue en Europe. À son interlocutrice, elle a juste précisé que *Meat Joy* s'était élaboré sous sa forme initiale à Paris, en 1964, au cours du premier « workshop de la libre expression ». Que Carolee Schneemann a combattu toutes les sortes de violences exercées contre les femmes. Et défendait, déjà, la cause animale.

Comment est-il possible qu'aujourd'hui l'art et le politique se posent toujours les mêmes questions et profèrent des discours identiques sur des situations qui n'ont pas changé, ou à peine ? s'interroge Deva, qui sent qu'elle pourrait s'énerver. Après cette dernière discussion, Azucena s'en est allée en coup de vent, oubliant dans la cuisine un pense-bête griffonné au stylo rouge avec un double point d'interrogation : « Image à chercher ?? » Deva lit : « Lynda Benglis pose nue avec un énorme godemiché dans la revue *Artforum* en 1974 pour dénoncer l'omniprésence de ses confrères dans les arts visuels. » Elle remarque à quel point les corps de Lynda Benglis et d'Azucena se ressemblent. Athlétiques, musclés, longs.

Elle prend la feuille, la range, on verra plus tard, et part se baigner. Sur la plage, les corps exultent.

Comme partout, des filles faites au moule et des garçons fuselés. Mais ce qui frappe Deva n'est pas cette jeunesse miraculeuse, c'est la tolérance qu'elle observe, et même le respect, manifestée envers ces femmes qui portent avec une certaine tranquillité des bikinis gigantesques, toutes chairs libérées. Pas question de les enfermer dans un maillot une pièce, le soleil doit avoir accès à la peau, aux ventres, aux seins, à la cellulite. Est-ce l'habitude qu'ont les familles de vivre toutes générations mêlées qui donne cette liberté bienveillante ? On n'est pas le gros, la grosse, mais une grand-mère, une mère, parfois même une fille, un enfant. On s'assume avec les siens ; ou entre amis. La diversité humaine acceptée comme paysage de la vie.

Et le soir, lors des promenades à la nuit tombée, les jupes moulent les fessiers, les poitrines pigeonnent au ras des aréoles. Les shorts grimpent haut sur les fesses. Deva admire. Elle, quand elle prend trois kilos, c'est la diète assurée. Plus, c'est le drame. Il n'empêche qu'ici, à Mineras, à cause de la lumière qui absorbe la couleur, elle troque son goût du noir marié au marine pour des roses, de l'orange vif, du violet. Une garde-robe qui emprunte ses coloris aux bougainvillées qui partout montent à l'assaut des murs et des façades, s'arc-boutant sur les balustres, taillées, tuteurées, mais le plus souvent laissées à l'état sauvage.

Quand la nuit approche, elle se réserve un plaisir. Celui d'entrer dans la mer pour une dernière baignade. Quand elle sort de l'eau, elle frissonne malgré la chaleur qui se dégage encore du sable. Depuis une bonne heure, Annibale a allumé toutes les lampes de sa maison pour se protéger des maléfices qu'apporte avec elle la nuit. Et s'agite pour ne penser à rien.

Plus tard, sur la terrasse, il regarde avec Deva le défilé de ceux qui passent et repassent. Parmi les promeneurs, ils sont nombreux à lui faire signe. Deux ou trois s'approchent, prennent des nouvelles et en donnent. Tous parlent fort et à toute vitesse, échangent des plaisanteries, grossissent le trait. Annibale n'est pas le dernier à exagérer, maniant à égalité humour et autodérision. Si chacun sait qui est Deva, elle ne connaît personne, ou alors seulement de vue, tant ils vivent entre eux deux quand elle est là. Vers minuit, ils dînent.

Jouer au faussaire

« S'il n'y avait pas eu ma mère, je ne serais jamais rentré en Italie après la Légion étrangère. Je serais resté en Afrique. » Alors, quand Annibale quitte Sidi Bel Abbès, en 1946, et retourne dans son Piémont natal, c'est pour y chercher une mère qu'il connaît à peine. Arrivé dans son village, il va droit à la maison dans laquelle sa grand-mère l'a élevé. À l'intérieur, il découvre une femme qui vit dans une seule pièce au rez-de-chaussée. Il n'hésite pas, il entre, il sait que c'est elle. Jamais il ne dira un mot sur ce premier instant de leurs retrouvailles. Elle lui apprend qu'elle a récupéré la maison après la mort de sa propre mère. Qu'ensuite les Allemands y ont installé une sorte de QG pour la région, puis les maquisards. Elle a réussi à conserver la cuisine et une souillarde attenante. Il préfère ignorer ce qui se dissimule derrière ces arrangements. Putes de mère en fille, pour vivre ou survivre. S'étant juré de ne poser aucune question à sa mère, il tiendra parole jusqu'à ce qu'elle meure. Amaigrie, il la trouve jolie, sans la reconnaître vraiment.

Dans cette maison, tous deux ont passé leur enfance et leur adolescence. Tous deux l'ont quittée à l'âge de dix-neuf ans. Elle, pour suivre un amour. Lui, pour aller faire la guerre.

Sans ressource aucune, Annibale se procure un camion qu'il rafistole, un fusil, et part sur les routes ramasser la ferraille et tout ce qui se répare et se recycle. Le voilà ferrailleur itinérant. Il préfère se définir comme « chiffonnier ». Vagabondant, il prend la température politique de sa région, renoue des contacts. Ceux qui ont pu l'envier d'être en quelque sorte un gosse de riches, même s'ils le savaient malheureux, ne sont pas mécontents de sa dégringolade sociale. Dur à la tâche, il se tait, empoche de quoi survivre. Solitaire, il a du temps pour réfléchir.

De son côté, sa mère a un secret dont elle voudrait se délivrer. Peu bavarde, ne sachant comment l'annoncer, elle l'informe sans ménagement aucun qu'il n'est pas le fils du ténor avec lequel elle a fugué et qu'elle a épousé. Non, cet artiste de l'opéra de Turin, acclamé dans le monde entier, qu'elle a aimé avec tant de jeunesse insouciante, n'est pas son père. Effaré, Annibale l'écoute sans réaction. Il apprend la vérité sur celui qui fut son jeune père. Mort lui aussi. C'est alors qu'il prend vraiment la mesure de la cruauté de sa grand-mère.

Abandonnée par sa fille, elle la force à lui abandonner son enfant.

Sa mère s'adresse maintenant à lui avec des phrases rapides. En une seconde s'est effondrée l'image fantasmée du père en ténor romantique, mort à l'étranger, et si talentueux. Depuis qu'il était enfant, Annibale espérait secrètement avoir hérité de lui. Il dissimule la peine qu'il ressent. Sa mère ne connaît pas les mots qui consolent.

Les aveux maternels ne sont pas terminés. Craignant que la famille du vrai père ne veuille reprendre l'enfant, elle a brouillé les pistes de son état civil. Trouvé logique de déclarer son nouveau-né sous le nom de famille de son mari tant chéri. Elle a été condamnée pour cette falsification d'identité, mais Annibale ne sait pas si elle a été incarcérée. Il ne peut s'empêcher d'aimer l'audace de cette mère qui ne s'embarrasse pas de légalité. Et ça, ça lui plaît, car, en quelque sorte, c'est son ADN. Il sait qu'il porte en lui ce même instinct de survie. Quand il devinera qu'elle couche avec le facteur pour que « son fils adoré », c'est ainsi qu'elle parle de lui, trouve légumes, œufs et poulets au retour de ses tournées de ferrailleur, il reste muet.

Il s'éloigne de sa génitrice. Très vite, il se marie. En mai 1947, il épouse une fille somptueuse et rustique, une brune tout en boucles, amoureuse. Leur union prend fin après quatre mois et quatre jours. Épris de liberté et de solitude, le marié rentre tard, préfère boire en compagnie de ses anciens et nouveaux copains. Avant la fin de l'année, ils sont divorcés. Quand il montre à Deva une photo de sa jeune épouse, elle voit la beauté sacrifiée, maltraitée par un homme trop pressé. Elle se remaria assez vite avec un ami de leur couple. Avec lui, elle a été très heureuse, c'est du moins ce qu'il affirme.

Après ce mariage éphémère, il se rend à Sestrières avec en tête l'idée de devenir moniteur de ski. Puis, à Turin, à l'École des beaux-arts, réalisant là une ambition que la guerre a repoussée de six ans. Du plus loin qu'il s'en souvienne, il a toujours dessiné. Sa grand-mère s'était même organisée pour qu'il prenne des cours particuliers. Pendant la guerre, il trouvait encore le moyen de fourrer un carnet de croquis dans une poche de son treillis.

À Sestrières, il est embauché sans difficulté. Parmi les moniteurs, d'anciens amis de la vallée. « Tu sais, Annibale, sans service après-vente, tu te retrouves à donner les cours collectifs aux enfants », l'ont-ils prévenu. Il a fait mine de comprendre.

À l'École des beaux-arts, il est accepté comme auditeur libre. Son habileté à copier les tableaux qui sont analysés en cours lui vaut rapidement une réputation. Quand un homme l'approche et lui demande s'il peut remplacer un peintre qui travaille pour lui, Annibale accepte et se retrouve au cœur d'un commerce de faux tableaux qui ne se dissimule même pas. Depuis les Pays-Bas, le trafic a été mis au point par deux hommes d'affaires qui savaient avec certitude qu'après les vols et les déplacements incessants d'objets d'art pendant la guerre le marché resterait longtemps incontrôlable.

C'est ainsi qu'Annibale s'exerce au métier de faussaire, débutant avec deux toiles à la manière de Van Dongen, quelques sanguines, et pas mal d'argent à la clé. Mais ce qui l'excite, il le sait, c'est de troubler le système en déjouant l'arrogance paresseuse des conservateurs de musée. Ils sont quelques-uns à donner leur bénédiction à des faux qu'il réalise. Ont-ils été corrompus ? Son dégoût, presque une haine, des experts incompétents s'accentue. Dans cette entreprise hasardeuse, il trouve, bien entendu, des motifs de se réjouir.

Sa mère a trafiqué son identité à sa naissance, il peut à son tour se risquer à falsifier quelques signatures. Sa mère a été démasquée, lui ne se fera pas prendre. De sa grand-mère, il tient l'intelligence de la rapidité et quelques principes. Au poker, tricher dès le premier coup. Au tennis, smasher pour en finir au plus vite. Au ski, descendre tout droit la piste noire. Il ne s'attarde pas longtemps dans la combine. L'argent ne sera jamais son moteur. « Gagner sa vie à la perdre » est une autre de ses maximes, également inscrite en bonne place dans la pièce principale de sa maison. Que quelqu'un s'aventure à dire devant lui : « Le temps, c'est de l'argent », il le raille sans pitié. Est-il pour autant un anarchiste ? Plutôt un fouteur de pagaille indémêlable.

« Au début des années 1950, à Turin, je me suis senti proche du mouvement de la Soffitta Macabra, explique-t-il à Deva. La *soffitta*, tu pourrais traduire ce mot en français par "mansarde". C'était aussi le nom du studio de Lorenzo Alessandri, un peintre autodidacte qui avait rassemblé autour de lui des artistes et des intellectuels intéressés par le surréalisme fantastique et les expériences ésotériques de toutes sortes. Oui, je connaissais certains des peintres, comme Mario Molinari, Silvano Gilardi, dit "Abacuc", mais en même temps j'étais très pris par ce travail inattendu de faussaire. » Et d'ajouter en riant :

« Tu l'auras compris, fille, j'ai une vraie hérédité pour ce qui concerne les petits arrangements avec la morale. »

En effet. Apprenant qu'une de ses amies avait besoin d'électricité pour son *chiringuito*, modeste restaurant de plage qu'elle achevait d'aménager, soit que la mairie refusait, soit qu'elle tardait à venir, il a effectué lui-même le branchement sur le réseau de la commune. Deva n'est pas certaine qu'il n'ait pas bricolé à son bénéfice le cadastre d'un terrain qu'il possédait dans l'arrière-pays. De toutes ces menues et grandes illégalités, il ne se cache nullement. Le temps que les mal embouchés se réveillent, il est passé à autre chose. Mieux : il a oublié.

Galgos, *des chiens emblématiques*

Le matin, face à la maison, sur la mince bande de sable mouillé que dégage la marée, ils sont au moins trois lévriers à courir comme des dératés. Deva s'étonne d'en voir autant à la fois. *Galgo*, c'est le mot espagnol pour « lévrier ». Un grand noir, dès qu'elle l'aperçoit, oblige son regard à le suivre toutes affaires cessantes, car, après quelques foulées, il donne l'impression de flotter dans l'air. « Galop volant », c'est ainsi qu'on nomme cette miniseconde où le chien plane, étendu, semblable à un tapis à poils, pattes avant et arrière sur la même horizontale. Une détente ahurissante qui affole les mouettes. Presque toujours, elles relèvent le pari de la course et le survolent en piaillant d'énervement. Le chien les connaît bien, il sympathise avec les oiseaux marins dans l'âcreté des algues luisantes qui jonchent le rivage quand le vent souffle de la mer.

Un deuxième animal à venir galoper est un *podenco*. C'est un chien croisé qui n'est plus classé parmi les lévriers. Plus rustique, il n'en court pas moins comme si sa vie en dépendait.

Par hasard, Deva voit à la télévision espagnole un documentaire sur l'organisation de chasses avec lévriers et découvre l'engouement séculaire de l'Espagne pour ces chiens. Dans ce film, ils s'élancent deux par deux après un lièvre terrifié, parfois remplacé par un leurre-robot. Ces chasses attirent un monde fou. Les lévriers reçoivent des soins dignes d'athlètes de compétition. À peine ont-ils couru que leurs pattes sont bandées, leurs pieds protégés par des housses de couleur. Leur indéniable beauté ne saurait excuser leur cruauté envers un lièvre qui zigzague, hébété de peur. Elle revoit l'orgueil du propriétaire entendant clamer le nom de sa bête championne : « *Favorita del maestro*. »

Ce que Deva a appris dans ce film lui a semblé si archaïque qu'elle veut tout savoir sur les *galgos* et découvre un enfer. Elle s'informe auprès de la femme qui chaque jour vient faire courir le grand lévrier noir. Cette bête exceptionnelle a été abandonnée, elle l'a recueillie et soignée. « C'est, dit-elle, habituel, car après deux ou trois ans de courses, les lévriers sont usés et mis au rancart. Leurs maîtres s'en débarrassent, les sacrifient, il n'est pas rare qu'ils les pendent. » L'association Lévriers sans frontières, présente dans toutes les grandes villes espagnoles, lutte pour faire respecter les droits de ces chiens à vieillir en paix. En France, la chasse aux lévriers est interdite depuis 1844, la loi stipulant que leur vitesse phénoménale « permettrait la capture trop facile de certaines espèces de gibier ». Malgré cette interdiction ancienne, le législateur a eu besoin de conforter les textes en 1986. Ce qui prouve que les amateurs de cette chasse se tiennent toujours en embuscade, comme le démontre l'interdiction rediscutée en mai 2000 au Sénat. En vain.

Parmi les lévriers, les *podencos* excelleraient à attaquer le gros gibier, sangliers et cerfs, en des bagarres sanglantes, des chasses en meute, dites *rehalas* en espagnol. Quelquefois, Deva observe le *podenco* de la plage qui se livre à des bonds inconsidérés. Croit-il, ce chien lui aussi rescapé, qu'il attrape un gros gibier à la jugulaire ?

Elle se rappelle un tableau de Dalí dans lequel un lévrier semble aspiré par les nuages, pareil à une espèce de chien céleste. Est-ce la cruauté de cette chasse ancestrale qui a inspiré le titre et le contenu du fameux *Chien andalou*, filmé par Luis Buñuel, coauteur du script avec Dalí ? Annibale détrompe Deva, lui apprenant que ce « Chien andalou » est le surnom moqueur dont les deux artistes affublaient leur ami poète Federico García Lorca, natif de Grenade. « Enfin, amis, ils ne devaient plus l'être tellement après ce film », s'exclame Annibale, en riant. Le titre complet du tableau de Dalí ressemble à un rébus : *Afghan invisible avec apparition sur la plage du visage de García Lorca en forme de compotier aux trois figues*. Entre *Un chien andalou*, tourné en 1929, et le tableau, près de dix ans ont passé, mais pourquoi toujours une même dérision à l'encontre du poète ? Peut-être même un certain mépris ?

Une photo prise par Dalí montre Buñuel en jeune artiste avec des cheveux rasés peroxydés et un toupet brun taillé en pompon. Gilet boutonné en simili fourrure, et en guise de collier une cordelette. L'allure d'un dandy ravageur.

Plus près de nous, au Centre Georges-Pompidou, le lévrier à la patte colorée en rose fuchsia éclatant, fluorescent, se baladant dans le musée comme s'il était chez lui, incarne avec évidence l'exposition que Pierre Huyghe consacrait en 2013 aux univers mutagènes. Titre de l'animal sous forme d'œuvre vivante : *Human*.

Pourquoi Deva est-elle à ce point touchée par le grand lévrier noir qui court sur la plage en jouant avec sa mouette ? Elle les croit amoureux, persuadée qu'il s'agit toujours de la même mouette, celle qui porte une sorte de couronne ébouriffée autour de sa tête minuscule. Elle nargue le chien, étend ses longues ailes blanches, fait semblant de lui donner de l'avance avant de s'envoler brusquement au ras des vagues. Quand les rouleaux éclatent sur les énormes pierres ovoïdes, qui se cognent les unes contre les autres, faisant entendre une dodécaphonie minérale et ruisselante, alors le chien stoppe net sa course. Aux aguets, il cherche sa mouette des yeux.

Un jour, le chien noir a parlé à Deva, juste quelques mots. « Tu me regardes parce que tu aimes le mouvement par-dessus tout. Je te vois imiter ma course dans ta tête et même l'anticiper. Viens te joindre à nous. » Une invitation à se dérouiller les jambes avec eux, quelle blague, mais il avait raison, ce chien, son impulsion première est d'aller galoper à leurs côtés et il l'avait perçue. Comme l'enfant qui se met à courir d'un coup pour le seul plaisir de courir. Peut-on aimer un animal dont on ne connaît pas même le nom ?

Galgo, chien et emblème. Présent dès les premières lignes de *Don Quichotte* : « Dans une bourgade de la Manche, dont je ne veux pas me rappeler le nom, vivait, il n'y a pas longtemps, un hidalgo, de ceux qui ont lance au râtelier, rondache antique, bidet maigre et lévrier de chasse. »

Bien des mois passent avant qu'elle ne songe soudain aux lévriers très hauts sur pattes que possédait un grand-oncle. Dans son jardin, il avait installé d'immenses volières remplies d'oiseaux multicolores à aigrette, de perroquets qui criaient des bêtises, des chevaux, des paons, et même un bouc à l'odeur asphyxiante. Deva découvrait des animaux vivants, autres que chiens et chats.

Lui revient en mémoire la sérénité de cet ancêtre, son doux regard. La paix qu'apportent les bêtes.

Moniteur-gigolo

Annibale a coupé court avec son travail de faussaire. Non pas qu'il le trouvât dangereux, mais il en avait très vite perçu le pouvoir addictif. Libre de nouveau, il s'échappe en montagne et arrive à Sestrières, une station de ski développée dès 1934 par les Agnelli, fondateurs de la Fiat. Dans cet endroit huppé, il fera l'expérience de deux ou trois autres choses. Inscrites au cours de ski, quelques clientes, presque toutes des femmes d'industriels de Turin, de Milan, plus rarement de Rome, l'invitent le soir à boire un verre. Il plaît beaucoup. L'éducation qu'il a reçue de sa grand-mère surprend. Il devient le moniteur aux bonnes manières qu'elles veulent toutes mettre dans leur lit. Assez vite pourtant, les leçons particulières s'espacent, puis disparaissent. Il n'a d'autre ressource que de donner les cours collectifs aux enfants, le matin et l'après-midi. Ses amis moniteurs l'avaient prévenu. Il n'a pas d'autre choix, et doit, lui aussi, se résoudre à rejoindre la belle clientèle féminine en discothèque, puis dans ses hôtels et chalets de luxe.

Deva se demande si Annibale n'a pas traversé la guerre en restant un quasi-puceau. Dans une de ses lettres, il aborde la question : « Pendant la guerre, je n'avais plus personne en Italie, plus de grand-mère, pas de parents. J'avais fait beaucoup de sport mais pas une seule fois je n'avais fait l'amour, que des bisous en touchant les seins et la fente. À la guerre, il y avait les bordels militaires mais je n'y suis jamais allé sauf une fois à Kairouan et une autre à Tunis. Quand on restait longtemps dans les fortins ou dans le désert, une dizaine de filles arrivaient par camions et repartaient au bout de deux ou trois jours. L'excitation de leur arrivée retombait assez vite. Les filles, je crois, avaient pour utilité première d'empêcher l'homosexualité. J'avais cet éternel problème mental de ne pas supporter d'entrer dans une femme à peine un autre en était sorti, et il y avait si peu d'eau pour qu'elles puissent se laver. Tu vois, quand je suis retourné à vingt-six ans en Italie, j'avais pris l'habitude de supporter l'abstinence. »

À Sestrières, puceau ou presque, qu'importe, il est initié à toutes les figures imposées sans lesquelles un gigolo ne tient pas sa réputation. Il a pour lui de jouir d'une santé enviable. Ensuite, une femme en fait son préféré. Surprise par son goût à s'habiller, elle l'est aussi par sa conversation, et plus encore par sa timidité sexuelle : « Tu ne sais pas grand-chose », constate-t-elle. Ça l'amuse d'enseigner à ce beau mec baraqué les rudiments et les détours de l'érotisme. Comme Annibale l'explique à Deva, sa première leçon consistait à apprendre comment ouvrir grandes et petites lèvres d'une partenaire. Selon sa cliente, c'était à ce genre de détail qu'un bon amant gagnait ses galons. Deva acquiesce. Il reçut aussi une explication détaillée sur les mille usages du clitoris, dont il ignorait l'anatomie, sinon la pratique. L'Italien, expert en mécanismes complexes, sut rapidement comment s'y prendre et la branler mieux que comme elle aimait, comme elle avait toujours désiré l'être. Cette femme avait de l'esprit, se souvient-il. Toutefois, la façon qu'elle avait de se parfumer entre les cuisses avec *L'Heure bleue* de Guerlain l'écœurait. Une autre de ses clientes mettait *L'Air du temps*, une sorte d'œillet fort en bergamote créé juste après la guerre par Nina Ricci. Mémoire olfactive qui laisse deviner qu'il a pris dans ces ébats plus de plaisir qu'il ne l'avoue. Ces odeurs de peau trop parfumée lui rappelaient les préparatifs minutieux de sa grand-mère quand elle recevait son grand homme.

Certaines ont inventé un jeu. Il s'agit pour les moniteurs de tirer dans un pochon de cuir souple le petit papier sur lequel est inscrit le nom de l'hôtel, le numéro de chambre et l'heure à laquelle ils sont attendus. Des idylles se nouent, c'est rigolo et sans suite. Quand les maris arrivent, ils trouvent leurs épouses bronzées, embellies. Personne n'est dupe.

Une seule a pourtant franchi la ligne rouge. « Elle fit l'erreur de s'éprendre d'un de nos amis, qui s'occupait des pistes. Un type mieux que beau, stupéfiant, même pour nous les hommes. On ne l'a plus jamais revue. » Il se rappelle l'élégance de cette jeune femme, fuseaux beiges et grand pull en cachemire tacheté léopard, cascade de bracelets en or aux poignets, dansant toute la nuit, première sur les skis le lendemain. Éblouissante, mariée à un homme que personne ne connaissait.

Élevé par des femmes, Annibale n'ignore pas combien elles sont joueuses, imaginatives. Le système collectif d'échange qu'elles ont mis au point entre leçons de ski et prestations sexuelles en témoigne. Il est surpris par leur empressement à faire circuler l'argent vers des hommes aux revenus précaires, non pas sous forme de pourboires exagérés, manière ostentatoire qu'affichent leurs maris, mais en offrant des cadeaux, proposant même des aides financières qu'elles négocient avec leurs amants-moniteurs. Ces liquidités dont elles disposent sont la contrepartie d'un contrat tacite, connu par chacune d'elles. À savoir qu'un moniteur ne coûtera jamais aussi cher qu'une jeune amante nouvellement acquise par leurs conjoints.

Il écrit à Deva qu'il « a vécu à Sestrières la période la plus dégradante de sa vie ». Capricieuses, ses clientes l'étaient sans limites, habituées qu'elles étaient à se faire obéir. L'une d'elles aimait lui glisser à l'oreille :

« Cette nuit, on fait non-stop ! » Terrifié et humilié, il se sentait son chien. Alors pourquoi a-t-il enchaîné pas moins de huit saisons ? se demande Deva. Pour gagner de l'argent ? Se faire un carnet d'adresses ? Il ne dit pas le contraire. Excitation à être contraint, voire soumis ? Une phrase qu'elle a notée au vol à propos de la guerre : « Il arrive qu'on ait si peur qu'on jouit comme on se pisse dessus. » Voulait-il exprimer le contraire ?

Se superpose au vieil homme à son bureau, perdu dans ses travaux minutieux, l'image du beau gosse – « cheveux blond foncé – yeux verts – nez aquilin », comme le détaille une carte d'identité de ces années-là. Annibale conclut ses aventures de moniteur-gigolo en annonçant à Deva : « Je suis un homme lesbien. » Deva, sans très bien comprendre le sens de la formule, elle l'entend pour la première fois, en pressent la justesse. Qu'est-ce qu'un homme lesbien ? Ce concept très annibalien mériterait d'être approfondi.

Sestrières prend fin. « Il fallait que je me purifie, mais peut-on jamais se purifier de ça ? » Deva trouve qu'il bat un peu trop fort sa coulpe pour être sincère et décèle, derrière les mots, le trouble sexuel plus puissant que la honte. Et même exacerbé par elle.

C'est à cette époque, non loin de la station de sports d'hiver, qu'il bâtit un chalet dont il a dessiné les plans. Il y installe sa mère et une gouvernante. Sestrières devient le refuge familial.

Le torero Luis Dominguín, lui aussi…

Élancé comme une lame, le matador Luis Dominguín partage avec Annibale une expérience commune. Pas celle de se battre contre les taureaux, on s'en doute, mais de survivre en recourant à des prestations sexuelles rémunérées. Avec l'énorme différence que Dominguín n'est encore qu'un garçon de treize ans quand il se livre à ce commerce. Ou plutôt qu'il y est forcé par ses deux frères aînés, car ce sont eux qui ont l'idée de vendre le pucelage du petit dernier à une riche Anglaise – qui ne dit pas non. Jeune insolent, dressé à l'école de la rue, le gamin a déjà attiré les connaisseurs par son aptitude à toréer. Pour payer la pension, il s'exécute. L'affaire se passe en Colombie, où le père, matador, est parti chercher fortune, emmenant ses trois fils. S'étant absenté le temps d'un voyage au Pérou, il a laissé quelque part dans Medellín des garçons affamés. C'est l'écrivain et journaliste Jacques Durand, expert en tauromachie, qui raconte cet épisode dans sa nécrologie de Dominguín.

La suite ? Elle tient de la légende et de l'idolâtrie. Adulé autant pour son art de vivre le taureau et de le mettre à mort que pour son goût de défier ses concurrents. Virtuose à créer de fausses rivalités, à se livrer sans vergogne au surenchérissement de sa supériorité, à organiser la guerre des nerfs, cet art médiatique de mener le combat avant le combat qu'un boxeur comme Mohamed Ali portera, quelques années plus tard, au sommet de l'excès. En avoir ou pas : il en faut pour entrer dans l'arène. Et ce courage attire à lui de nombreuses actrices. Est-ce sa faculté à endosser un habit spécial, se costumant tout comme elles en ont l'habitude avant de s'exposer à la caméra, qui leur donne un sentiment d'intimité avec un Luis Dominguín, moulé, enserré dans des soies avec broderies, passementeries et paillettes, des roses et des ors bousculés par de l'incarnat ? Est-ce son plaisir et sa patience à se plier à tant d'essayages dans le but ultime d'obtenir cet ajustement millimétré qui renvoie à l'univers de la haute couture ? Même ignorantes des règles de la corrida, ces conquêtes jugent en connaisseuses ce long abandon progressif de son identité au profit de l'apparition d'une créature mythique, souveraine, ici le torero, et en saisissent d'instinct le haut degré d'ambiguïté théâtrale. L'habit fait le rôle, elles le savent. Lana Turner, Rita Hayworth, Romy Schneider, et en tête cette Maria Felix, aussi folle de sa propre beauté qu'habile à tenir les hommes en laisse avec des mots qui les frappent, toutes participent au carrousel féminin dont Dominguín tire tant de gloire.

Les gigolos savent y faire avec les femmes. C'est un métier.

À propos de costume du torero, Deva pose une devinette à Annibale. Quel est le nom des cordons tressés qui tiennent la culotte de celui qui affronte le taureau et la resserrent au-dessus des mollets ? Les *machos*. La vérité se cache dans les détails.

S'exhiber aux côtés d'un torero est le frisson chic de ces années 1960-1970. Pas une actrice ou une célébrité de la jet-set, dès lors qu'elle voyage en Espagne, n'y échappe. Une photo illustre cet engouement. On y voit l'héritière des magasins Woolworth, Barbara Hutton, âge indéterminé, élégante, câliner du regard un dénommé Angel Teruel. Il faut avoir l'esprit bien bourgeois et coincé, et pour ainsi dire cupide, et n'en avoir jamais assez, pour ne pas admettre que personne n'empêchera une femme qui n'a aucune idée du montant de sa fortune d'offrir de jolis cadeaux à un garçon capable de la distraire. Que l'argent change ainsi de mains plaît à Deva. Quelques présents luxueux, quelques billets en liasse, c'est si peu.

Sur les photos qui représentent Dominguín avec Ava Gardner, les deux rient de toutes leurs dents, qu'ils soient attablés avec les Hemingway et une bande d'amis ou dans une arène en compagnie des Picasso. Avec du bruit tout autour d'eux, des voix de stentor, des cris, des vociférations. De l'esprit aussi. Et des alcools forts. Ils semblent de la même espèce, ce qu'ils ne sont pas. C'est elle la meneuse, celle qui n'a pas peur du vide. Une photo attire l'attention de Deva. Dominguín est assis sur un canapé aux côtés de Lucia Bosè, devenue sa femme. Sur ce même canapé, mais à une distance raisonnable et presque de profil, Ava Gardner, les bras levés, renoue ses cheveux. Le regard du torero semble perdu, mais en fait il suit les mouvements d'Ava remettant de l'ordre dans sa coiffure. Costume coupé chez le meilleur tailleur de Séville, jambes croisées, bras sagement tenus à plat sur les cuisses mettent au premier plan des mains magnifiques qui firent dire jadis à son père : « Le petit a des doigts longs, il pourra tenir la muleta. »

Tenir la muleta ou tenir l'impossible Ava. Le taureau a gagné.

Deva s'aperçoit qu'elle a minimisé le rôle de Lucia Bosè, pourtant élue à dix-sept ans Miss Italia 1947 devant Gina Lollobrigida, classée seulement troisième. N'ayant d'yeux que pour Ava Gardner et ses semblables, qui rient trop fort, elle n'a pas vu l'actrice italienne conquérir la place, se marier avec Dominguín, puis devenir mère. Sur une archive du Festival de Cannes, en date de 1954, elle la découvre en train de jouer sur la plage avec ses enfants Paola et Miguel, vêtue en toute simplicité d'une fourrure en panthère. Et ce vêtement luxueux la révèle. D'une infinie patience, quand elle attaque c'est sans avertissement.

Lors d'une interview, elle se tient aux côtés de son mari. Volage comme un martinet à la tombée de la nuit, insaisissable, ce dernier vante avec insistance l'intelligence de sa femme. Elle n'a pas un sourire. Après l'interview, le couple s'éloigne, rejoint par Picasso et son épouse, Jacqueline. Une silhouette en duffle-coat blanc les suit. C'est Cocteau. Pour la seconde année consécutive, le poète est président du jury du Festival, dont Luis Buñuel est l'un des membres. Pour finir, la famille Dominguín et les Picasso s'engouffrent dans l'énorme américaine du peintre. Ce dernier est le parrain de Paola, Visconti, celui du jeune fils qui perpétuera le nom de sa mère. C'est lui, Miguel Bosé, célèbre chanteur et acteur, juge et travesti inoubliable dans *Talons aiguilles*, de Pedro Almodóvar. De sa mère, il a hérité ce nez à la courbure parfaite qui confère au visage vieillissant l'air majestueux d'un aigle.

En 1954, sur la plage de Cannes, Lucia Bosè, née Borloni, n'a que vingt-trois ans. Élevée dans une ferme des environs de Milan, au travail à douze ans, elle sait, tout comme Dominguín, ce qu'être pauvre signifie. C'est Visconti qui la repère dans la pâtisserie où elle est vendeuse. Les premiers, Giuseppe De Santis et Michelangelo Antonioni lui donnent des rôles importants. Quand, en 1967, elle divorcera, elle saura évaluer au prix fort cette carrière qu'elle abandonna pour se marier. À Rome, en 2011, elle fête ses quatre-vingts ans avec des cheveux teints en bleu et une vivacité de jeune fille. Oui, Dominguín avait raison : belle et intelligente. Et très résistante. Ava Gardner est morte le 25 janvier 1990. Dominguín, le 8 mai 1996.

Un imaginaire collectif

Deva monte son Meccano des mémoires. Et n'hésite pas à en forcer quelques pièces pour mieux intégrer événements et anecdotes au fur et à mesure qu'ils se présentent, pour la seule raison qu'ils viennent nourrir et éclairer la vie d'Annibale, son fil rouge. C'est une adepte du contexte à condition qu'il n'explique pas, ne justifie pas ; elle aime y recourir pour ses qualités à ambiancer, à laisser libre l'interprétation. Par exemple, Ava Gardner, elle en parle sûrement trop longuement, hé oui ! elle le sait, mais n'est-elle pas l'étrangère sublime qui incarne au plus haut degré le désir d'Espagne et d'étourdissement ? La séduction magnifique… Qui connaît qui ? Qui couche avec qui ? Certains feignent de penser qu'il s'agit là de questions secondaires. Qui les croit ?

Elle a néanmoins conscience qu'elle cède dans son enquête à l'imaginaire duel d'une Espagne qui fascine les étrangers. D'une Espagne or et rouge, sang et mort. Une Espagne factice à laquelle elle adhère par le souvenir ancien d'un costume de danseuse de flamenco, prêté par une fillette amie qui, comme de nombreux enfants de sa classe, passait ses vacances sur la Costa Brava. Robe rouge à pois blancs et volants, castagnettes enroulées autour des doigts avaient apporté à son corps nubile une sinuosité nouvelle, un besoin de tournoyer à l'infini.

Plus tard, elle lit Hemingway. C'est donc un Américain qui l'initie à l'Espagne, celle de la guerre civile, qu'il met en scène dans *Pour qui sonne le glas*. Mais passe complètement à côté des témoignages de John Dos Passos et de George Orwell. Le premier écrivant *Aventures d'un jeune homme* en 1939, le second *Hommage à la Catalogne* en 1938. Leurs livres vont très rapidement être occultés et eux-mêmes, bien que défenseurs de la révolution bolchevique, tenus à l'écart pour n'avoir pas hésité à dénoncer les règlements de comptes meurtriers entre le Parti communiste espagnol et le Parti ouvrier d'unification marxiste, le fameux Poum, créé en 1935 par des membres fondateurs et dissidents du parti communiste, qui implante ses bases principales en Catalogne et dans les Asturies.

À l'inverse, Hemingway, estimant qu'elles renforcent le fascisme, refuse toutes les attaques contre la gauche communiste. « Hem » et « Dos », surnoms qu'ils doivent à leur célébrité, se fâchent. Pourtant, en 1937, c'est toujours ensemble qu'ils coproduisent le film de Joris Ivens *Terre d'Espagne*, dans lequel Hemingway dit les commentaires dont il est l'auteur. Et leur productrice Helen Van Dongen sortira la même année *Spain in Flames*, commenté cette fois-ci par Dos Passos. Désormais ennemis acharnés, ils ont cependant bien des points communs. Nés dans la dernière décennie du XIXe siècle, tous deux fils de famille, l'un issu de l'Amérique profonde de l'Illinois, l'autre de la grande ville de Chicago, ambulanciers pendant la Première Guerre mondiale, engagés ensuite auprès des républicains espagnols.

Leur rupture politique n'est pas qu'idéologique. Elle règle également une divergence de fond quant à la manière dont le romancier doit rendre compte du réel. La vérité qu'impose l'Histoire. Deva soupçonne une possible jalousie d'auteurs non avouée entre les deux Américains. Dos Passos, s'il est moins connu que Hemingway en Europe, n'est pas n'importe quel écrivain. Et l'auteur de *Pour qui sonne le glas* sait mieux que quiconque comment son compatriote a cassé les codes de la narration. Fils d'un avocat d'origine portugaise, il vient dès 1916 parfaire son éducation en Espagne. Ce voyage lui inspirera *Rossinante reprend la route*, hommage à Cervantès publié en 1922. Trois ans plus tard et avec un seul livre, *Manhattan Transfer*, il s'impose comme une figure majeure de la littérature américaine, inventant une sorte d'école littéraire qui brasse les grandes lignes du récit avec des coupures de presse, des extraits factuels de documents, utilisant également des caractères de polices et de tailles différentes. Une manière visuelle de créer plusieurs niveaux de lecture qui trouve son apogée dans l'opéra littéraire en trois actes que constituent les livres *42e parallèle*, *1919* et *La Grosse Galette*, célébration convulsive de la naissance du XXe siècle dont la publication s'échelonne de 1930 à 1936. C'est avec cet écrivain que Deva a fait ses premiers pas dans la littérature américaine, et avec quelle fierté, quelle impatience. Ont suivi John Steinbeck, Erskine Caldwell. Faulkner viendra plus tard.

Pourquoi oublie-t-elle toujours *L'Espoir*, de Malraux ?

Tous ces auteurs, Deva les lit en même temps qu'elle emprunte en cachette à son père des romans policiers dont les couvertures, avec leurs garces sensationnelles aux ongles rouge sang, laissent présager bien des coups retors. Très vite, la topographie des villes de New York et de Los Angeles n'a plus aucun secret pour elle – secs, nerveux, désinvoltes, érotiques, les polars de James Hadley Chase, de Raymond Chandler, d'Ed McBain, de Jim Thompson et tous les autres.

Deva ne comprend pas pourquoi Hemingway, mais il est loin d'être un cas isolé, amoureux fou de la liberté, retourna si souvent dans l'Espagne de Franco, où la moindre opposition au régime est écrasée. Avant sa rencontre avec Annibale, elle-même, que connaissait-elle de ce pays ? Peu de chose, ce qu'elle avait pu voir au cours de quelques voyages éclair effectués pour le travail à partir des années 1990. Elle commence maintenant qu'elle séjourne régulièrement à Mineras à comprendre l'attachement du romancier américain. À quel point cette Espagne a su préserver une force vitale, peut-être une humanité, une manière aussi de prendre la vie au jour le jour, sorte de fatalité joyeuse. Inch'Allah !

Poitiers, 732 et, pfuitt !

Deva n'est pas historienne, mais l'histoire l'intéresse. Plutôt que de l'angoisser, la complexité du monde la rassure. Sept siècles de présence arabe, ce n'est quand même pas rien. Annibale lui parle du philosophe et théologien Averroès, musulman andalou, et aussi un grand médecin. Deva ne se souvenait plus qu'il était né à Cordoue en 1126. « Un penseur capable d'écrire *Incohérence de l'incohérence* ne peut être qu'un type tout à fait sympathique. Je n'ai trouvé le livre nulle part, donc je ne l'ai jamais lu, mais quel titre ! » Il explique aussi à Deva comment l'utopie d'une cohabitation réussie entre les trois grandes religions monothéistes est aujourd'hui réfutée par les historiens. Avant l'arrivée des Arabes, les catholiques persécutaient déjà les Juifs. Puis les Arabes installant leurs califats pourchassent les catholiques, puis les Juifs. Et pour finir, après la Reconquête du pays, en 1492, les Juifs puis les Arabes sont expulsés par Isabelle la Catholique. Il faudra plus d'un siècle pour que la population morisque, bien que convertie, soit définitivement repoussée en dehors du pays, après qu'une série de soulèvements a fait craindre un projet de revanche.

N'a-t-on pas récemment entendu parler de « Reconquista » dans un des communiqués revendiquant des attentats djihadistes ayant eu lieu à Barcelone ?

Cette histoire de la conquête arabe interroge Deva sur le fameux Charles Martel et la bataille de Poitiers de 732, dont tous les écoliers français entendent parler.

D'un coup de baguette magique, pfuitt, les envahisseurs se seraient volatilisés. Pas un mot sur l'arrivée des conquérants dès 716. Et pas plus d'explications sur une présence arabe pendant plus de cinquante ans en Septimanie, région s'étendant de Narbonne à Nîmes.

En Espagne, Deva apprend la France.

Elle croit deviner que, sous l'influence de la culture arabo-andalouse, la péninsule a développé une idiosyncrasie, presque une extravagance, qui lui fait échapper à l'uniformisation des modes de vie en Europe. Deva ne saurait l'expliquer mais sent qu'il pourrait s'agir d'une attitude qui touche à la relativité même du temps, et qui s'enracine, loin, dans cette double culture, principalement en Andalousie. Les heures tardives des repas. La coutume de la sieste, qui coupe en deux l'après-midi, puis la relance des activités jusqu'à une heure avancée de la nuit lui donnent l'impression grisante de vivre deux journées en une. Donc de vivre plus. Qu'elle soit due au climat, à la géographie, qu'importe, cette découpe des heures lui insuffle une sérénité inconnue. Un bien-être.

Ce sentiment précieux d'avoir du temps, et par conséquent de le maîtriser mieux, permettrait de gouverner avec plus de dynamisme et d'esprit d'ouverture. L'Espagne reconnaît le mariage homosexuel dès 2005, puis l'identité du genre neutre. Et s'attaque depuis vingt ans avec un certain succès à contrer les violences que subissent les femmes et leurs enfants. En 2004, Deva s'en souvient, sur toutes les radios Bebe chante « Malo » :

Je vais devenir comme le feu
Je vais brûler tes poings d'acier

Et du violet de mes joues
Je tirerai le courage de venger mes blessures.

C'est violent, c'est efficace. Quant aux Indignados, ils n'apparaissent pas par hasard à Madrid, le 15 mai 2011, sur la Puerta del Sol. Leur manière pacifique et continue d'occuper la rue devient un modèle repris dans toutes les capitales occidentales. Utiliser tout l'espace des jours et des nuits pour dénoncer la crise financière de 2008 et soutenir les victimes. Là encore, prendre le temps comme allié. Le temps de se préoccuper des autres, tout en ayant l'intelligence et la force de s'organiser en parti politique. Podemos est issu de ces Indignés.

Aujourd'hui, ce sont les romanciers espagnols contemporains qui apportent à Deva leurs visions du passé récent. Trois livres l'ont éclairée. L'énorme *Anatomie d'un instant*, de Javier Cercas, somme historique plus que roman, reprend heure par heure le coup d'État avorté de l'armée envahissant le 23 février 1981 le Parlement pour mettre fin à la démocratie naissante. *Si rude soit le début*, de Javier Marías, s'articule autour d'un fait historique longtemps gardé secret : le viol organisé des femmes appartenant à des familles opposées au régime. Si elles acceptaient de coucher avec un profranquiste haut placé, elles pouvaient sauver qui la tête d'un mari, qui celle d'un fils.

Et le *Confiteor* de Jaume Cabré, son favori, met en évidence, sous forme d'une enquête policière familiale, l'infiltration en profondeur des idées fascistes et de leurs ramifications européennes, restées tapies jusqu'à aujourd'hui. Comme le démontre la rapidité avec laquelle s'impose le parti Vox, notamment en Andalousie, pourtant terre socialiste depuis près de quarante ans.

Deva suit dans les journaux les fouilles des charniers de la guerre civile. La recherche sans fin de la tombe du poète García Lorca, fusillé dès août 1936 avec d'autres opposants à Franco – tombe qui sera finalement exhumée et authentifiée en 2014.

« Dieu le fracas que fait un poète qu'on tue », écrit Aragon à la mort de Lorca.

Annibale lui explique qu'à Mineras pas plus qu'ailleurs la Guardia Civil, sorte de gendarmerie, n'a été épurée et confirme par conséquent que les idées fascistes clapotent encore, clandestines.

Tandis que Deva sillonne la littérature espagnole, toujours dans le but de mieux comprendre Mineras, Annibale, lui, dévore des ouvrages sur les bâtisseurs des cathédrales françaises. De l'Espagne, seul l'intéresse ce qui lui sert dans sa vie de tous les jours. Il est resté si exagérément italien.

La jeune fille enlevée

À Sestrières, dans les années 1950, Annibale n'a pas rencontré que des femmes riches. Ces femmes avaient des filles. Milena est l'une d'elles. Quel âge a-t-elle ? Une mineure au vu de la loi en vigueur à cette époque. Disons environ dix-sept ou dix-huit ans. Il se retrouve dans cette adolescente boudeuse, gâtée, toujours seule, qui ferait n'importe quoi pour énerver sa mère, comme lui, jadis, sa grand-mère. Sa seule distraction, un caniche couleur miel. Elle a l'air de ce qu'elle est : une jeune fille de très bonne famille portant un twin-set assorti d'un collier de perles à un seul rang. Annibale et Milena se revoient à Turin. Sans prévenir personne, ils décident d'un voyage, traversent l'Europe et roulent jusqu'en Suède. Des langues se délient, deux de ses amies évoquent un homme plus âgé. Le père met discrètement la police à leur recherche.

Les deux voyageurs finissent par rentrer en Italie. Milena retourne chez elle retrouver son caniche adoré, et lui regagne son village de montagne, où il est immédiatement arrêté par un gendarme et jeté en prison pour détournement de mineure. Après la promesse qu'il fait de l'épouser, il est libéré. Car la jeune fille, qui ne se laisse impressionner ni par ses parents ni par la gendarmerie, ne décolère pas que son amoureux ait été traité comme un criminel, et obtient gain de cause contre tous. Aussi discrète que luxueuse, la noce est célébrée sur le yacht de la famille ancré à l'année dans le port de Gênes. Après le rôle de suborneur, le marié se glisse sans peine dans celui du gendre presque parfait. Maintenant dans la trentaine, il trouve une nouvelle fois à enseigner le dessin et la sculpture dans une très bonne école. De son côté, Milena a réussi son baccalauréat. Convaincue du talent de son mari, elle a hâte de s'occuper de ses intérêts, de présenter sa peinture aux galeries. Attendri par sa jeune épouse ravissante, il ne la détrompe pas et pendant deux ans se soumet au mode de vie du milieu social dont elle est issue. Le troisième été approchant et avec lui se profilant la croisière avec les beaux-parents, les couples d'amis qui, à tour de rôle, embarquent quand d'autres débarquent, l'obligation mondaine de se changer trois fois par jour, il refuse de continuer plus avant la comédie des apparences et annonce d'un ton tranquille à Milena qu'il restera désormais à Turin. Ils se quittent en toute amitié. Longtemps après leur séparation, elle continuera à l'aider. « Quand elle se remaria et ouvrit un magasin de colifichets, elle était là pour moi, toujours prête à me dépanner », dit-il. Il l'amusait encore.

Ce deuxième mariage confirme l'attirance d'Annibale pour les marges et l'argent facile, atmosphère dans laquelle il a baigné, enfant, auprès d'une grand-mère aussi habile à se faire entretenir sur un grand pied que considérer avec égards.

A-t-il échoué dans ses tentatives à se reconstruire après la guerre ? En choisissant le ski et la peinture, deux domaines où il excelle depuis l'enfance, il ne peut s'empêcher de s'aventurer du côté que la morale réprouve : faire le faussaire, faire le gigolo. Toujours son talent à entrer dans un rôle. À prétendre être ce qu'il n'est pas. À se glisser dans la peau d'un autre lui-même. Quand le faussaire se fait prendre, quand le gigolo vieillit, lui, il s'échappe et se métamorphose. Ayant réalisé que l'argent facile se paie trop cher, il commence à imaginer une vie de troc et d'échanges, prêt à tout chambarder de son existence.

On comprend combien tombait à pic le grand voyage vers Mineras que lui proposa Roberto.

Un souvenir qui brûle encore

À Mineras, le tournage de *Lawrence d'Arabie* est presque terminé. L'équipe doit embarquer pour le Maroc et prendre ses quartiers à Ouarzazate. Le roi met à la disposition de la production autant de cavaliers et de dromadaires qu'il est nécessaire, répond à toutes les demandes et même les précède. Sam Spiegel est aux anges, il a l'assurance que le film s'achèvera dans des conditions presque luxueuses.

Tandis qu'ils préparent les containers que d'énormes camions s'apprêtent à charger, chaque homme, chaque femme de l'équipe du film éprouve le sentiment d'abandonner quelque chose de lui-même. Quelque chose qui l'a rendu heureux. Comme si ce bout de terre dissimulait une force qui les avait portés pendant les mois qu'ils y ont passés, malgré la charge du film, la chaleur asphyxiante de cet été 1962, le confort inexistant, l'absence de leurs familles. Loin de Los Angeles, loin de Londres, tout leur a pourtant semblé léger sans qu'ils en comprennent les raisons. Certains attribuent cette impression à la densité bénéfique de l'air, qui les baigne d'un bien-être irriguant jusqu'aux veines du cerveau, pareil à mille petites piqûres d'une acupuncture revigorante. Bref, ils débordent de santé, et David Lean n'échappe pas à ce sentiment que là, oui, tout de suite, il faudrait que quelque chose d'inouï lui arrive.

Toutefois, il se méfie. Pas du genre à se laisser aller à ses émotions, il tient porte close à tout ce qui mettrait en péril l'œuvre en cours. Mais maintenant qu'il maîtrise son film, il a envie que sa vigilance soit trompée, sinon détournée. Il se sent possédé par cette terre sous laquelle court, rappelons-le, une faille bien connue des géologues – la même qui détruisit Agadir le 29 février 1960, causant des milliers de morts, et qui, passant sous la Méditerranée, là où la plaque eurasienne rencontre l'africaine, fit trembler la ville de Lorca le 11 mai 2011. Il n'y a pas si longtemps.

David Lean va être exaucé. Tandis que l'équipe plie bagage, il est invité à dîner par une des très conservatrices familles andalouses, les M. C'est dans leur propriété d'été située en bord de mer que jaillit la source où les Gitanes, chaque jour, sont allées chercher l'eau sans laquelle son tournage n'aurait pu réussir. Pour la première fois, il mesure la rude besogne de ces femmes. Pour la première fois aussi, il mesure ce que peut signifier l'éclat d'une richesse accumulée sur plusieurs générations. Somptuosité des nappes brodées de fils d'or, vaisselle chinoise presque trop fine, cristal gravé des verres à vin et bleu opalisé des verres à eau. Le fossé entre les laborieuses porteuses d'eau et l'opulence de cette famille le met mal à l'aise.

Des femmes en tablier de dentelle noire attendent de servir les convives – Lean note ce détail pour un film, « tablier noir tellement plus intéressant que blanc ». Les cheveux des servantes sont tressés en nattes épaisses, luisantes, et leurs mollets semblent si durs qu'il ne peut en détourner les yeux qu'avec difficulté. Il s'agit d'un dîner à la bonne franquette. La fortune des M. provient à la fois de leurs terres, vergers et plantations d'amandiers cultivés en terrasses à perte de vue, cerclées de figuiers de Barbarie gris-vert, mais aussi de la culture du chanvre. À cette agriculture s'ajoutera plus tard l'exploitation des mines, nombreuses sur leurs domaines. Dans le hall de la villa, un très grand tableau rappelle l'origine de la fortune de la famille, il représente le chargement du chanvre, transporté sur de longues barques plates jusqu'aux cargos ancrés au large de la maison où David Lean s'apprête à dîner. À deux encablures exactement de l'endroit où le cinéaste a filmé la prise d'Aqaba.

La tête lui tourne. Il est fatigué. Il fume trop.

Au dîner, quelques membres de l'équipe sont présents, dont son amante, Barbara. Alors qu'ils se rafraîchissent d'une soupe froide et parfumée, son attention à plusieurs reprises est attirée par une des femmes qui servent à table. Quand elle s'éloigne dans l'ombre d'un petit salon adjacent, où les servantes, l'œil à tout, peuvent intervenir avec promptitude, il remarque qu'elle est seule à placer ses deux mains sous son tablier de dentelle noire, comme s'il y avait une poche, ou plutôt une sorte de manchon. Dans l'ombre, il s'imagine aussi qu'elle le regarde. Il a une érection brutale. De celles qui font mal et dont il a perdu le souvenir. Placé à la droite de la maîtresse de maison, délicieusement mondaine dans un fourreau mauve sans manches, le réalisateur, les nerfs à vif, se retient pour ne pas sortir de table.

Après le dîner, alors que tous les invités sont partis s'asseoir sur la terrasse, qu'il entend leurs rires excités par l'alcool et sent la chaleur qui résiste à la nuit, il s'attarde devant le petit salon où se tient la serveuse. Sur un plateau, elle regroupe les coupes dans lesquelles des glaces aux fruits confits ont été servies. Alors qu'elle se penche pour ramasser une corbeille vide qu'elle vient de faire tomber, il glisse très vite sa main sous sa jupe noire à mi-mollet. Il ne s'est pas trompé, elle est humide jusqu'au milieu des cuisses. La femme ne bronche pas, rassemble différentes petites choses tombées à terre en même temps que la corbeille. Elle attend. Il croit entendre du bruit, quitte avec brutalité l'entrejambe qu'il effleurait, affolé de découvrir qu'il aurait donné une année de sa vie pour enfoncer cette femme, là soudain, d'un coup. Le sang battant aux oreilles ; un doigt sur la carotide pour faire baisser la pression, le pas mal assuré, il rejoint ses amis dehors, vérifiant sa braguette, essuyant de l'autre main la salive qui coule de sa bouche. Passe et repasse ses doigts dans ses cheveux qui grisonnent, allume une énième cigarette, puis l'éteint. Il voudrait s'allonger et dormir. Jamais il n'a ressenti à ce point le pouvoir sexuel d'un être humain. Que m'arrive-t-il ? marmonne-t-il. Le film, trop de tension, de décisions à prendre. Et Spiegel l'emmerde trop souvent pour des détails. Il regarde Barbara et lui trouve un chic fou dans sa robe en soie jonquille. Il a envie de pleurer. Elle rit de ce que lui raconte un très jeune homme, le fils de leurs hôtes. Il a retraversé le miroir et évolue de nouveau en lieu sûr. Il vient d'échapper à la pulsion irrépressible qu'un séducteur évite. Celle qui dérape, qui se fout du pedigree du partenaire. Il claque des dents de peur et de frustration. Il n'avait fait que frôler le haut des cuisses de la servante, alors qu'il aurait voulu se glisser sous sa robe et la mordre tout entière. Il a un film à terminer. *In extremis*, il se sauve.

Deva sait combien le vent du désert fait perdre la tête. Elle tient cette histoire d'Annibale. Maria, c'est le nom de la servante, quitta le service des M. pour ouvrir une épicerie de dépannage avec l'argent mis de côté année après année et se prit d'amitié pour cet Italien si drôle qui venait s'approvisionner chez elle. Un soir qu'il l'invita à manger ses fameux spaghettis, elle lui raconta le souvenir de cette soirée. « J'ai participé à des dizaines de dîners, vu des gens très beaux, mais cet homme, j'ai tout de suite tout voulu de lui. Et lui de moi. L'envie de se jeter l'un sur l'autre et de rester comme cousus ensemble. » Annibale a gardé pour lui cette confession. Maintenant que le réalisateur et Maria sont morts, il peut partager ce secret avec Deva. Il ajoute que ce soir-là, ils auraient pu faire l'amour mais s'en étaient abstenus. « Il y avait entre elle et moi, alors que je la questionnais et qu'elle m'expliquait, un tel fluide érotique qu'il aurait pu briser nos cœurs », se rappelle-t-il.

Annibale a été très lié à Carlotta M., celle-là même qui avait organisé le dîner en l'honneur de David Lean. Tant d'expériences communes les rapprochaient. À commencer par la guerre. Et pour elle, la pire, la guerre civile qui creuse la haine au plus profond des familles. Alors qu'elle n'est qu'une toute jeune mariée, son frère tue d'un coup de pistolet son mari antifranquiste convaincu, puis est retrouvé pendu. Personne ne crut au suicide. Plus de frère, plus de mari, veuve avec deux très jeunes enfants à élever. Carlotta et Annibale auraient-ils pu se marier ? Sûrement, pense Deva. Ni l'un ni l'autre n'ont osé. Quand elle regagnait Madrid, elle lui laissait les clés de sa maison sur la plage. Il s'y rendait chaque jour pour jouer au tennis, emprunter définitivement ce dont il avait besoin, remplir ses jerrycans d'eau de source. Chez Carlotta, il était chez lui.

Une terre si désirable

David Lean et Barbara ne peuvent se résoudre à quitter Mineras. Ensemble, ils achètent du sable sur des kilomètres. Le film arrivant à son terme, David le *womanizer* aurait dû se lasser de Barbara, mais il n'en est rien, il va rester auprès d'elle quatre longues années. Une fois *Lawrence d'Arabie* terminé et les oscars récoltés, elle revient à Mineras et décide de construire une maison dans le plus pur style californien des années 1960 qu'elle nommera « Casa Blanca », en hommage au film de Michael Curtiz avec Bergman et Bogart. Elle sera leur maison de rendez-vous. Ensemble, ils vont tourner *Le Docteur Jivago*. Barbara est une excellente scripte. Le film, qui se passe en Russie, sera lui aussi en partie réalisé dans ce même Sud espagnol, ainsi qu'à Madrid. La neige qui tombe dru, les paysages blancs ensevelis, sibériens ? Du plastique déchiqueté en machine, mais surtout du marbre réduit en poudre provenant des carrières de Macael, toutes proches. Dans ses Mémoires, *David Lean's Dedicated Maniac,* Eddie Fowlie, l'homme qui crée des exploits techniques avec les moyens du bord, livre le secret de cette neige supposée moscovite.

Et explique aussi comment il a convaincu le cinéaste qu'Omar Sharif incarnerait un parfait Jivago s'il acceptait que ses yeux soient tirés par du sparadrap invisible, que cet artifice suffirait à lui donner l'air d'un vrai Russe. Julie Christie a dit oui pour jouer le rôle de Lara. Omar est d'accord pour les sparadraps. Et Barbara surveille.

À peu près au même moment, Annibale, bien que fauché, achète, lui aussi, une petite bande de cette roche arénacée qui à cette époque n'est pas encore une plage à proprement parler. Entre son terrain et le village, il n'y a rien, juste un grand vide. Il n'est pas inquiet. Il a vu avec quelle habileté les autochtones ont bâti les décors du film. Avec l'aide de l'un d'eux, il saura comment agir. Il y a quelques années, après en avoir dessiné les plans, n'a-t-il pas construit le chalet de Sestrières ? C'est ainsi, avec ses mains, en posant une pierre après l'autre, qu'il constitue sa future fortune. Maintenant, il n'a plus qu'un seul souhait. Vivre à Mineras tout le reste de sa vie.

5 août 1962, Marilyn dead !

David Lean et Barbara se reposent. Il est environ trois heures de l'après-midi. Au Maroc, ils viennent de rejoindre l'équipe du film. Ouarzazate est une fournaise. Peter O'Toole tourne certaines scènes avec les pieds plongés dans une bassine d'eau glacée. Le téléphone sonne. C'est Spiegel. Marilyn Monroe est morte. Seule dans sa maison de Hollywood. La nouvelle est tombée dans la nuit. 5 août 1962. Tétanie générale. David et Barbara, choqués, finissent par appeler une amie à Los Angeles. Elle confirme. Suicide ? On ne sait pas encore.

Ava Gardner connaissait la fragilité de sa consœur trop blonde. Chez elle, de retour des studios, elle repense à une phrase que lui a dite Frank Sinatra, après qu'elle a couché pour le rendre jaloux avec Johnny Stompanato, mafioso notoire et ami du chanteur. Il martelait ses mots : « Tiens-toi à distance des hommes de la mafia, mais surtout fais gaffe aux politiciens ! Coucher avec eux, d'accord, entretenir une liaison, jamais ! » Il lui avait expliqué comment et pourquoi la « raison d'État » pouvait se révéler infiniment plus dangereuse que la fréquentation des voyous. Il savait de quoi il parlait, et, pour une fois, elle l'avait cru.

David Lean et Barbara n'ont qu'une idée en tête. Réunir les acteurs, les techniciens, et organiser, le soir même, un dîner qui serait un adieu à l'actrice défunte. Et ainsi retrouver tous ensemble la vraie vie, la seule qui protège. La vie du cinéma. Pour exorciser le malheur, ils invitent des musiciens gnaouas à clore la manifestation de leurs transes psalmodiées.

La nouvelle de la mort de Marilyn Monroe fait les gros titres des journaux placardés sur tous les kiosques et, macabre, elle poursuit Annibale et Roberto tout au long de la route qui les ramène vers l'Italie. Ils ont passé quelques jours à vadrouiller entre Grenade et Séville et maintenant ils roulent en silence car leurs pensées divergent et ils le savent. Roberto rumine ce voyage raté, la désertion de Zefirella. Ava qu'il n'a pas vue. Et maintenant la mort de Marilyn.

Annibale, à l'inverse, tombé amoureux de cette terre comme d'une femme qu'on croise par hasard dans un aéroport, a la certitude d'avoir enfin trouvé l'endroit où il pourra vivre. Zefirella, Ava, Marilyn, il n'y pense même pas. Il s'en moque.

Misère de Mineras, richesses de Hollywood

Goytisolo. La sonorité de ce patronyme a toujours enchanté Deva avant même qu'elle ait lu un seul de ses livres. « Goytisolo » résonne à ses oreilles d'étrangère à la manière d'une mélodie archaïque, porteuse d'inconnu et de liberté. Il se trouve que ce nom a aussi un lien direct avec la région du Cabo de Gata. Dès son premier séjour à Mineras, elle a repéré dans la vitrine du marchand de journaux, exposé à l'année tel un totem andalou, bien dressé sur la tranche, un livre intitulé *Campos de Nijar*, du nom d'un village, non loin de Mineras, dévalant tout blanc de la montagne jusque dans la vallée, avec vue circulaire sur la Méditerranée. Ne parlant pas un seul mot d'espagnol à son arrivée, Deva enrage de ne pouvoir lire ce texte qui semble contenir les clés de tous les secrets qu'elle imagine, tant la dépayse cet archipel de terre enclavé dans les sierras.

Plus qu'un reportage, *Campos de Nijar* prend la forme d'un récit de voyage effectué en 1955 dans ce « pays » ignoré de tous, hors de toutes voies de communication, sorte d'impasse territoriale où survit une population de plus en plus affamée au fur et à mesure que les mines ferment, que la culture du chanvre est abandonnée.

Antifranquiste militant ayant choisi de vivre à Paris, un temps en charge de la littérature hispanique chez Gallimard, Juan Goytisolo dévoile la situation de ces oubliés. Élevé dans une famille de la bourgeoisie barcelonaise, il ne s'attendait pas à recevoir pareille claque, incapable de concevoir qu'au milieu des années 1950 puisse toujours exister un dénuement si criant, même si cette terre ne fut jamais à l'abri de rien : située aux avant-postes de l'invasion arabe ; subissant aridité et sécheresse d'un climat désertique ; victime d'épidémies et de tremblements de terre dévastateurs. Autant de fléaux qui toujours poussèrent la population à fuir et à trouver refuge dans des zones moins hostiles, à l'intérieur même du pays ou en traversant la Méditerranée en direction du Maghreb.

Quand, quelques années plus tard, Annibale, à son tour, arrive pour la première fois à Mineras, la pauvreté n'a pas cédé d'un pouce. L'immigration économique des Andalous vers le nord de l'Europe a déjà commencé, et, selon les historiens, dans des proportions supérieures à celles de l'exil politique pour échapper au franquisme.

Au cours de son voyage, Goytisolo est frappé par l'âpreté des paysages dans lesquels vivent ces femmes et ces hommes, ouvriers agricoles et mineurs. Du soleil partout, de l'ombre nulle part. Il discute avec les habitants pendant ses nombreuses haltes, car il ne peut se déplacer qu'à pied, en stop, en charrette, plus rarement dans l'automobile d'un grand propriétaire terrien. Et les trois ou quatre étrangers motorisés qu'il croise sont tous, eux aussi, gens très fortunés. Une femme, superbe, le sert un jour dans un bar, puis disparaît derrière le rideau d'où elle a surgi. Juan Goytisolo retournera régulièrement au Cabo de Gata pour son seul plaisir. Devenu un connaisseur avisé de la région, il reprendra la plume, mais bien plus tard, quand, au tournant des années 2000, il s'agira de combattre l'exploitation et le racisme dont sont victimes les immigrés maghrébins venus travailler dans les serres de plastique qui ont recouvert de leur couleur laiteuse l'ensemble des vallées. Donnant l'impression d'une mer intérieure qui se serait retirée, abandonnant derrière elle des traces incohérentes de sédiments blanchâtres ; métamorphosant, ultime paradoxe capitalistique, l'unique et splendide désert européen en verger artificiel, paysage de science-fiction conçu par des ingénieurs agronomes-chimistes excités par le pari, assez absurde mais mené à bien, d'approvisionner tout un continent en fruits et légumes, tous calibrés, rutilants et sans saveur.

Chaque page de *Campos de Nijar* évoque la faim – *hambre*, en espagnol, mot si proche du nom *hombre*, « homme ». Des hommes qui ont faim.

À ce témoignage de Goytisolo répondent les souvenirs des grands anciens de Mineras, des enfants à l'époque. Hommes et femmes disent d'une même voix cette bagarre pour survivre. Pas d'école, bien sûr, et pas davantage de médecin. « On se soignait nous-mêmes, sinon on mourait. Le médecin ? Trop cher ! » se rappelle l'un d'eux. Marcher des kilomètres pour aller chercher l'eau au puits, ramasser le bois qui réchauffe et permet de cuire une soupe. Partager le peu de nourriture avec les maigres animaux quand il en reste – lapins, poules, plus rarement un porc. Si le père est pêcheur, partir en famille vendre les poissons empilés dans des paniers de trente kilos arrimés sur la tête. Si le père travaille dans les champs de chanvre à l'arrachage des plantes et à leur acheminement en charrettes, puis en barques jusqu'aux cargos ancrés loin du rivage, les mères prennent en charge toutes les opérations intermédiaires consistant à séparer les fibres de l'écorce jusqu'au peignage et à la mise en bottes pour des expéditions vers les usines textiles des pays industrialisés.

Deva ignorait tout de la dangerosité du chanvre. Plus nocive s'il était possible que la poussière dégagée s'insinuant partout dans l'organisme, la plante contient une substance toxique sécrétée par la fleur qui ravage les yeux, provoquant des glaucomes évoluant le plus souvent vers une cécité totale. Il faudra attendre l'après-guerre, avec l'apparition de la pénicilline, pour que les travailleurs aux yeux abîmés ne viennent plus grossir le nombre des personnes aveugles.

Récemment installée non loin du seul arrêt de bus de Mineras, une stèle commémorative rend hommage à ces travailleurs et victimes. Accompagnée d'une sculpture en marbre blanc figurant deux mains, celles de Manuel Torres Fernandez, célébré pour son art de tresser des vanneries aussi utiles que décoratives.

La culture du chanvre décline rapidement devant la montée des matières plastiques et autres fibres artificielles nouvelles, sans qu'aucun des riches propriétaires terriens se préoccupe de son remplacement, et encore moins du sort de ceux qui en vivent. Alors une pauvreté effrayante s'abat sur cette pointe orientale de l'Andalousie.

Au moment de *Lawrence d'Arabie*, si le chanvre n'est déjà plus une ressource, les mines de manganèse et de plomb, et même la mine d'or toute proche et la mine d'obsidienne, ont fermé ou ferment. Annibale raconte à Deva la joie bruyante des hommes engagés sur le tournage du film. « Tard le soir, je les voyais au café Felipe, qui se trouvait au bout d'un chemin poussiéreux, juste quelques chaises dehors sous un auvent. » Au-delà du gain inespéré, c'est la gaieté qui reprenait possession du village. Et avec elle, l'espoir.

Après la manne du cinéma, Mineras veut croire à d'autres miracles...

Arrive Madame D. sur son dromadaire perchée

... Et Mineras n'a pas tort. Une femme extraordinaire, une étrangère, comme il arrive souvent, envisage la première le parti à tirer du triomphe que remporte *Lawrence d'Arabie*. Avec un sens aigu de la mise en scène, elle frappe les esprits quand elle traverse la grand-rue blanche de poussière sablonneuse, perchée sur un dromadaire racheté à l'équipe du film, enveloppée d'un sari qu'elle noue autour de sa poitrine avec désinvolture comme elle le ferait d'un paréo, épaules dénudées, charnues. Est-elle déjà à Mineras pendant le tournage, ou s'y est-elle installée juste après ? Les versions divergent. Mais chacun ici est d'accord, des plus anciens aux plus jeunes – car l'histoire de Madame D. continue de se transmettre dans les familles avec force détails et embellissements –, pour raconter qu'elle est devenue l'unique sujet des conversations du village. N'aurait-elle été qu'une beauté ambitieuse pour laquelle les hommes se démanchent la tête, et dont les femmes se méfient, elle n'aurait pas suscité une telle émotion, mais, subjuguant les deux sexes à égalité, cette inconnue, surgie de nulle part, leur apporte l'espoir.

Certains habitants, plus circonspects ou plus prudents, la tiendront vite pour une illuminée. D'autres iront jusqu'à prononcer le mot de « manipulatrice ». Madame D. est tout cela à la fois et beaucoup plus encore. Cette créature sensationnelle, venue du sud de la France, est entrée en Espagne comme on entre en religion. De ce pays, elle sait tout mieux que personne et exaspère ceux qui y vivent. Tout en reconnaissant l'arrogance de son impérialisme féminin, elle le proclame : l'Espagne lui appartient. Et Cervantès lui parle. Elle entend sa voix puissante et s'arroge ce pouvoir exorbitant d'affirmer que le *Don Quichotte* se rattacherait à la Kabbale. Sa seule piste pour soutenir son hypothèse de travail repose sur l'acquisition par Cervantès de manuscrits juifs qu'il se serait procurés à Tolède pendant, ou juste avant, la rédaction de son célèbre roman. L'écrivain serait donc un marrane, issu d'une famille juive convertie au catholicisme pour échapper à l'Inquisition et rester en Espagne.

Madame D. a trente ans quand elle apprend l'hébreu, en même temps qu'elle entre en contact avec des spécialistes de la pensée juive. À défaut d'être crue, elle se rend crédible. Pour finir d'écrire son grand œuvre, elle cherche en Espagne un bout du monde. Le désert ayant vertu d'ascèse, Mineras revêt à ses yeux l'indicible attrait d'une terre élue. En 1964, *Don Quichotte prophète d'Israël* paraît aux éditions Robert Laffont, et, malgré la controverse qu'il suscite, impressionne néanmoins suffisamment pour que le rabbin Albert Hazan, suivi plus tard par le rabbin Josy Eisenberg, fasse le voyage vers Mineras. Des journalistes aussi se déplacent – dont Pierre Dumayet, qui deviendra un habitué du lieu. Madame D., la tête dans les éthers mais les pieds bien sur terre, se lance alors dans l'immobilier, en tandem avec un fonctionnaire de la mairie, devenu son amant ; cet homme, disert et connu de tous, facilitera contacts et démarches administratives. Des témoins la croient mandatée par certains membres de la banque Rothschild intéressés à imaginer, sous sa tutelle, un tourisme de haut niveau dans ce qui ressemble à un paradis perdu.

Des peintres, des sculpteurs, à leur tour, prennent la route de Mineras dans le sillage d'architectes désireux d'évaluer la possibilité de concevoir un village selon un principe de cooptation qui ne serait pas seulement financier, mais favoriserait d'une manière stimulante une plus-value intellectuelle et artistique. Une belle utopie, comme les années 1970 allaient en sécréter quelques-unes, mais loin des fumeurs de shit et des éleveurs de biquettes, lesquels firent pourtant de Mineras et de ses environs une de leurs étapes favorites sur la route du Maroc et du cannabis. Shilom, mon frère, vas-y, fume !

Intellectuelle et femme d'affaires, Madame D. fédère autour de ses écrits un petit nombre de convaincus. Avec autorité, elle soigne son rôle de gourou. C'est d'ailleurs en Inde que Deva remonte sa trace. En 1956, elle s'affaire auprès de Roberto Rossellini sur le tournage d'*India mère patrie* et devient amie avec la scénariste Sonali Dasgupta, qui quittera mari et enfants pour suivre le metteur en scène italien. C'est Nehru en personne qui facilite l'obtention de son passeport. Rossellini, tout comme David Lean épousant Leila Matkar, sont attirés par les femmes d'un continent qui les fascine. Certes, les deux Indiennes, toutes deux issues d'une famille aisée, les Dasgupta appartenant eux aussi à la saga du cinéma, s'éprennent d'hommes riches, d'artistes de renommée internationale – mais on n'est pas dans un conte de fées, malgré les apparences. Quand même, se dit Deva, quand on connaît la condition des femmes en Inde et la terreur des mariages arrangés, il fallait un sacré courage.

Les deux réalisateurs savent depuis longtemps qu'il n'y a pas meilleur adjuvant qu'une femme nouvelle pour mener à bien un tournage. Le film achevé, à elle de s'arranger pour ne pas les gêner. À Rome, vite délaissée, Sonali ouvrira une boutique d'artisanat indien. Rossellini n'est pas à un scandale près. Il est toujours « blacklisté » aux États-Unis pour sa relation adultère avec Ingrid Bergman – cette rencontre amoureuse avec Sonali Dasgupta mettra le point final à sa liaison avec l'actrice suédoise.

La collaboration de Madame D. avec Rossellini est de nouveau attestée à propos d'un script non abouti, intitulé *El Secreto de Pulcinella*, qu'elle recyclera en 1961 dans un livre illustré par le peintre Hans Hartung. À travers Polichinelle, cet ouvrage se veut une première tentative de révéler la puissance de la pensée magique dissimulée derrière les mots de la commedia dell'arte. Mais c'est en Espagne, prenant appui sur le *Quichotte*, qu'elle trouvera son meilleur terreau pour étayer ses hypothèses.

Mineras s'enorgueillit d'avoir su retenir l'attention d'une femme dont tout le monde parle, en communication permanente avec un réseau d'amis haut placés, des politiques, des hommes d'affaires. Les intellectuels et les artistes espagnols qui comptent, Madame D. les rencontre à la librairie d'Antonio Soriano, à Paris, lieu actif des exilés antifranquistes militants et de l'ensemble de la communauté hispanique.

« Ah, tu t'intéresses à notre héroïne locale ! » s'est contenté de remarquer Annibale. Deva a le sentiment d'une possible tension entre lui, l'Italien, et elle, la Française, arrivés tous les deux en même temps à Mineras, tous deux originaux, cultivés, dominateurs. Elle, exceptionnelle, ne cherchant que la lumière, lui, assez remarquable par son côté sombre et venu à Mineras pour vivre en ermite. Qu'il ait admiré cet esprit de conquête au féminin, nul doute, et sûrement l'a-t-il même jalousé, feignant l'indifférence, manière de souligner le côté vulgaire d'un certain affairisme, se tenant à l'écart mais jouissant du même plaisir à exercer le pouvoir que celle dont il n'a pas voulu, ou pu, être le rival ; elle subjugue le plus grand nombre, lui se fait admirer en petit comité. L'un et l'autre trouvent leur place. Tandis qu'elle s'active à développer le village, Annibale s'affaire dans son rôle d'impitoyable observateur, appliqué à faire rire au détriment des courtisans très nombreux de Madame D. Elle veut plaire à tous, lui à personne tant lui importe que Mineras reste inchangé, sauvage. La réserve du « pauvre bonhomme archaïque », comme il aime à se définir, manière de se désigner, lui tout seul, espèce à préserver.

Ce cap andalou, si austère, aurait-il aujourd'hui encore ce pouvoir de rassembler des adeptes autour de quelques projets aussi futuristes que fumeux ? Pas impossible. Pour qui s'intéresse au surréel, cette terre demeure inspirante, à en juger par l'installation de Michel Houellebecq dans la région alors qu'il rédigeait *La Possibilité d'une île*, roman de science-fiction consacré aux tribulations et aux clonages dans le temps et l'espace d'une secte inspirée par les raëliens, dont on parlait beaucoup au passage du XXe siècle au XXIe. Si Houellebecq et Madame D. s'étaient rencontrés, auraient-ils pu être des amis ?

Un premier récit d'Annibale

Annibale imite, bras et jambes écartés, la démarche de Mafalda, une jeune femme dont il a entrepris de raconter l'histoire à Deva. « Haute de taille, elle bougeait comme un boxeur, mais quel charme ! » se rappelle-t-il. Il fait sa connaissance lors d'une des fêtes mémorables qui s'improvisent dans sa maison et sur la plage au cours des années 1970. Arrivée en compagnie d'un Sévillan, couturier réputé pour tailler les plus beaux habits de torero, elle reviendra, seule, régulièrement visiter Annibale. Son mari, que personne n'a jamais vu, propriétaire terrien près de Cordoue, produit du fino, un vin blanc fort en alcool, provenant de vignobles millénaires.

Mafalda plaisait à Annibale. Au cours de leurs longues discussions, elle finit par lui confier que son époux a hérité de ce qu'on appelle dans les romans indiens un « bâton » – pas besoin de traduction, le mot laisse libre l'imagination. Elle et son mari doivent par conséquent mettre au point un protocole amoureux. S'ils font ensemble tout ce qui est humainement possible, la vigueur encombrante de son époux exige d'autres exutoires. À Madrid existe un lieu réservé à ceux ayant, comme lui, un problème à résoudre avec un membre de forte taille. À l'origine de cette initiative, un homme lui-même trop bien monté qui a aménagé une maison de ville pour recevoir ses semblables. Mafalda n'en sait guère plus sinon que son mari en revient fourbu. Le jeune couple ayant décidé d'un commun accord de ne pas aborder le sujet madrilène.

Comme il s'absente fréquemment, elle ne tarde pas à prendre sa part dans l'exploitation viticole et réussit fort bien. Aurait-il dû la prévenir avant de l'épouser ? En quoi un homme serait-il obligé de montrer son organe avant le mariage ? Elle en fait une question de liberté individuelle. Lui a-t-il demandé de prouver sa virginité ? Jamais. Cette Mafalda sortait de l'ordinaire.

« Elle devait être drôlement intelligente, non ?

— Elle s'était mariée à seize ans. Quand je l'ai connue, elle approchait de la trentaine. Elle avait eu le temps d'évoluer. C'était une femme très sympathique, car elle ne pensait rien comme les autres. Elle et son mari, après avoir passé de longues années au Japon, s'étaient finalement installés à Madrid. »

Deva ne perd pas une miette de ce que raconte Annibale. Il excelle à faire vivre ce qu'elle ne trouverait nulle part sans son aide. Bribes rapportées, miscellanées, invraisemblances possibles autant qu'affabulations, qu'importe, quand il parle, tout semble vrai. Elle-même ne fabrique-t-elle pas ce genre de récit quand elle enchevêtre les liens qui tour à tour unissent et désunissent les célébrités et les anonymes qui ont gravité autour de Mineras et de *Lawrence d'Arabie* ? Ils participent à reconstituer l'air du temps. Du temps où Mineras s'est réveillé.

Le mari de Mafalda semble tout droit sorti d'un roman de José Luis de Vilallonga, peut-être *Allegro Barbaro*, contemporain des fêtes qui eurent lieu chez Annibale. Dans ce livre, les hommes d'une famille franquiste, pourrie jusqu'à la moelle, naissent affligés de tares héréditaires monstrueuses. Peau recouverte d'écailles du père. Œil cyclopéen du fils, bleu azur. L'époux de Mafalda est-il issu d'une telle famille ? Annibale n'en sait rien.

Il sort d'un tiroir un lot de photos, et parmi elles il en choisit une où figure une jeune femme en effet très grande, l'air pensif, entourée de trois Italiennes en bikini. Mafalda, qui les dépasse d'une tête, a tout d'un échalas. La construction de la maison d'Annibale est presque achevée. Dans l'ombre des arches, des hommes regardent les jeunes femmes qui prennent la pose.

Sur une longue table, des verres et de nombreuses bouteilles attendent les convives.

Annibale n'est sur aucune photo. Quand il raconte, il semble se tenir à la lisière des événements. À peine concerné. Souvenirs trop anciens ? Cette attitude détachée tranche avec la manière dont il a plongé tout entier dans son histoire avec Deva. Le moment venu, c'est elle qui lui donnera les clés afin qu'il ne perde pas pied quand leur relation évoluera. On verra comment.

Des architectes rivalisent d'imagination

Le projet immobilier conçu par Madame D. attire bon nombre de curieux, au premier rang desquels des architectes. André Bloc, en hommage aux grottes et troglodytes de la région, imagine à l'entrée de Mineras une de ses maisons-sculptures connues sous le nom d'« habitacles », que les villageois s'empressent de surnommer « El Laberinto ». Né à Alger, ingénieur centralien passé du jour au lendemain à l'architecture après une rencontre déterminante avec Le Corbusier, il lance avec cette construction un défi agressif à la profession, puisqu'il décrète qu'il n'y a pas en France plus de dix architectes dignes de ce nom. Des jeunes confrères, mais aussi des artistes, sont pressés de lui donner tort. Né à Tunis, grand prix de Rome en 1956, connu pour être l'architecte de Bourguiba, mais exerçant dans toute l'Europe, y compris en France, Olivier-Clément Cacoub, bien qu'il n'apprécie ni le lieu ni l'esprit de Madame D., cherche un geste fort, qui serait en quelque sorte une prouesse. Pour la terrasse couverte qui ouvre la maison sur l'extérieur, il remplace les trois arches traditionnelles par une voûte de dix-sept mètres d'un seul tenant, affirmant non sans un certain orgueil son savoir-faire.

C'est Mireille, sa femme, à l'inverse de son mari une inconditionnelle de Mineras et de Madame D., qui investira les lieux. Elle écrit des récits familiaux. Les aventures d'ancêtres caravaniers ayant fait fortune dans le commerce des tapis et des antiquités, sillonnant le Sud méditerranéen à partir du désert algérien. Une enfance dans la guerre, cachée dans le Midi de la France, la déportation d'une partie de sa famille dans les camps nazis.

C'est aussi cette écrivaine qui guide Deva dans le puzzle des années 1960-1970. Alors âgée de quatre-vingt-deux ans, elle nourrit une passion inchangée pour Mineras, malgré les usines, les constructions, les touristes. « Il y a ceux qui comprennent le côté exceptionnel de ce village, dit-elle avec force, et il y a ceux qui ne lui trouvent rien de particulier. Ceux-là, qu'ils s'en aillent ! » Elle rédige un dernier recueil dans lequel témoignent natifs du village et étrangers venus bâtir leurs villas opulentes, dessinant ainsi une sociologie contrastée de Mineras, de la très grande pauvreté aux développements industriels actuels : *Mémoires d'un village quasi invisible qui a été un pôle d'attraction pour le monde.* Un titre en parfaite résonance avec les enquêtes de Deva.

Le projet architectural initié par André Bloc scinde en deux parties la baie de Mineras. Côté sud, les Français bâtissent sur les collines, formant une communauté que les habitants appellent le *barrio de Judios*, le « quartier des Juifs », comme le lui signale Mireille. Au nord, les Anglo-Saxons préfèrent accrocher leurs propriétés le long de la paroi rocheuse d'un cap qui plonge abrupt dans les flots, affirmant ainsi une position dominante, bien que minoritaire.

Au milieu, en guise de frontière, la maison d'Annibale. Il a pris le parti d'un quadrilatère tout en longueur, perpendiculaire à la mer, offrant ainsi peu de prise au vent, éclairé en son milieu d'un patio. Architecture brutaliste, pas loin de ressembler à un bunker, dont le résultat a de la gueule. Au cours du premier été, le jardin intérieur attire tant de sauterelles qu'il faut le couvrir. Annibale reprend les travaux, surélève le devant d'un étage afin de poser un toit sur le jardin situé à l'arrière, créant ainsi une sorte de pièce-cathédrale, très haute de plafond, très fraîche, éclairée par des impostes qui filtrent la lumière et tempèrent la brutalité du soleil.

À cinq cents mètres de là, Barbara Cole s'est lancée dans une réalisation importante. Elle a entrepris de bâtir deux villas en léger surplomb de la plage, ce qui a nécessité de remblayer. Pendant de longs mois, elle a loué une bicoque pour surveiller l'édification de maisons jumelles, reliées entre elles par un couloir en verre dans le plus pur style de la côte ouest américaine, avec de larges baies vitrées et des balcons aux balustrades en fer forgé, imitation moderniste de la manière andalouse. Un très beau terrain arboré et un jardin de cactées protégeront l'endroit non seulement des curieux mais surtout de l'expansionnisme immobilier. Alors qu'Annibale devra lutter avec un hôtel-restaurant qui, édifié non loin de lui, prospérera jusqu'à devenir mitoyen de sa maison magique, empiétant au fil des années sans gêne et sans pitié sur son jardin-terrasse. D'abord des chaises empilées, puis des caisses de bières. Il refuse que Deva s'en mêle, elle en meurt pourtant d'envie. Il fait valoir qu'elle n'est pas toujours là et qu'il veut la paix.

Avoir la paix est devenu son obsession.

Toujours côté nord et tout au bout de la plage, Eddie Fowlie, l'homme des effets spéciaux à qui rien ne résiste, a rencontré une femme mariée. De l'avis de tous, magnifique. Il a l'idée d'un hôtel qu'il nomme El Dorado dans lequel il regroupera différents éléments des décors provenant des films tournés avec Lean. La porte d'entrée noire martelée de cuivre vient du *Docteur Jivago*. Le bar, les fauteuils, de *Lawrence d'Arabie*. Le grand parapluie, de *La Fille de Ryan*. Un temps à l'abandon après la mort du propriétaire, en 2011, l'hôtel a été repris depuis peu par des membres de la famille.

De ces années qui ont changé la face de Mineras, de quoi se souvient Annibale ? Il fait mine de chercher, consentant à évoquer un restaurant ouvert dans l'arrière-pays par Madame D. Bonne nourriture, bons vins et esprit de liberté. Beaucoup de belles filles aussi. La pensée émancipatrice de celle, dorénavant reconnue patronne autant que bienfaitrice du village, incite quelques femmes du pays à secouer la toute-puissance patriarcale. Années 1960, les mœurs se libèrent, même sous l'Espagne de Franco.

Liberté néanmoins sous contrôle puisque la Guardia Civil se rendra à l'aube chez Madame D. Visite d'intimidation dirigée par un dénommé colonel Atares, qui n'est autre que l'oncle de deux artistes antifranquistes notoires, le cinéaste Carlos Saura et son frère aîné, le peintre Antonio Saura, qui fut, bien trop jeune, témoin de scènes de sang dont l'abomination ne cessera de hanter ses toiles de crucifixions et de suppliciés.

À trente centimètres de mon cul…

Résumant son besoin d'espace et surtout d'indépendance, Annibale avait pour maxime, érigée en règle de vie : « À trente centimètres de mon cul, fais ce qu'il te plaît. » Du piémontais dans le texte, imagé, cru, sorte de revendication de son identité originelle. Une formule dont il se servait aussi bien pour clore une discussion à l'issue incertaine que pour conclure une paix provisoire.

Un jour de l'été 2006, Mireille téléphone pour l'inviter, insistant pour qu'il vienne accompagné de son amie. « Fille, elle a quelque chose à te demander, méfie-toi, dit-il en riant à Deva. Vas-y seule, moi, je connais ! » Bref, ils y allèrent ensemble, accompagnés d'une autre amie, Sidonie. Très blonde, des cheveux coupés rock'n'roll et des yeux trop bleus, cette femme nouvellement arrivée au village ne passait pas inaperçue. Après toute une comédie pour qu'Annibale accepte d'enfiler des chaussures, un pantalon et une chemise propres, puis qu'il joue pendant plusieurs minutes à singer l'Italien élégant qu'il a été autrefois, il se montre tout excité de se rendre à l'invitation en compagnie de deux femmes que personne ne connaît, et surtout tellement plus jeunes que lui.

C'est ce jour-là que Deva fait la connaissance de Mireille et de la célèbre construction édifiée par son mari. À l'intérieur, le salon, organisé autour d'une vaste fosse surmontée d'une cheminée-sculpture, s'accorde avec l'extérieur, c'est un splendide décor. La propriétaire des lieux s'est réfugiée dans une aile où elle dort et écrit.

Deva remarque que quelques personnes parlent peu avec Annibale. Elle comprendra plus tard à quelques paroles allusives de Mireille qu'il n'est pas apprécié de certains, qui le considèrent comme antisocial et même un peu fou. Quant à Mireille et à Annibale, vieilles connaissances qui ne se voient plus, ils savent à quoi s'en tenir l'un envers l'autre. Au début des années 1960, la Seconde Guerre mondiale était encore proche. Annibale s'était battu aux côtés des Allemands. Qu'il se soit réfugié à la Légion étrangère n'arrangeait pas sa réputation. Malmenant la pensée unique et la bonne conscience, il devenait antipathique, le savait et forçait le trait, ne cachant rien de ses tribulations. Doté d'un esprit dialectique phénoménal et d'une mauvaise foi équivalente, l'ancien légionnaire incommodait.

Malgré les années qui ont passé, plus d'un demi-siècle, Deva sent au cours de ce petit cocktail chic qu'il garde une sorte de statut de hors-la-loi, entretenu par les uns et les autres, et surtout par lui-même. Il s'en voudrait de ressembler à cette plus jeune génération qui entoure désormais Mireille ; des profs, des cadres qui cherchent sans beaucoup d'esprit, et sans grands moyens non plus, à sauvegarder l'apparence d'une vie culturelle. Annibale les ignore. Le courant ne passe pas. Deva se rappelle soudain une liste-poème dans laquelle il détaillait ce qui le rendait heureux : « Le pas léger du chien, la douce couleur du thym, le parfum de la menthe, le jaune de la marjolaine. [...] Les ailes noires des corbeaux, le vol gracieux de la huppe... Je les aime qui tournent autour de ma vie et tous ils sont mes amis... Seulement les gens ne m'aiment pas, mais ça, ce n'est pas le plus important ! »

Habitué depuis l'enfance à ce que personne ne souhaite vraiment sa présence, il avait appris à vivre avec ce sentiment de rejet implicite et, comment dire, s'y sentait à l'aise.

Bien qu'ils ne soient d'accord sur rien, Annibale ne s'est pas trompé, seule Deva l'écoute, attentive. Elle trouve leurs oppositions inconfortables et nécessaires. Rares, et mêmes précieuses, aujourd'hui où chacun se replie au sein d'une communauté d'idées et de culture, incapable de débattre, fermé aux opinions adverses, bloqué, vite violent. Souvent ils s'engueulent sans que ni l'un ni l'autre cède. Ils se connaissaient à peine qu'elle avait failli le planter dans le restaurant où ils déjeunaient, et pourtant Dieu sait combien le poisson y était frais, cuit à point, goûteux. Le ton était monté, provoquant le silence des autres convives, la plupart des pêcheurs. S'ils n'avaient jamais vu Annibale hors de ses gonds, eh bien voilà ! c'était fait. Mais c'est elle qu'ils regardaient d'un sale œil. Ils s'étaient affrontés à propos du meurtre d'une jeune femme par un travailleur immigré, peut-être faible d'esprit, qui avait déclenché pendant plusieurs jours des émeutes racistes antiarabes, proches du lynchage, à quelques kilomètres du village.

Oui, il pouvait être abrupt, l'ami Annibale. Un exemple ? Le 11 septembre 2001, Deva est chez lui et regarde en boucle, comme tout le monde sur cette Terre, les images des deux avions percutant les tours du World Trade Center, quand elle l'entend marmonner pour toute épitaphe aux milliers de morts : « Bien fait pour les Américains, ils l'ont cherché. » Deva est furieuse de ce qu'il dit et lui ulcéré de ce qu'il voit. Il fait trois ou quatre pas autour de la télévision et s'éloigne en trottinant vers son atelier. Plus tard dans la journée, il revient sur la première guerre du Golfe. Et de celles qui forcément vont succéder à cet attentat. Il prédit que les dirigeants américains détruiront des pays qu'ils ne savent pas même situer sur une carte du monde et auxquels ils ne comprennent rien.

Est-il indifférent ? Un homme aimait Annibale, et cet homme se nommait Leo. Un Suisse archifauché, touchant une retraite minuscule, féru d'opéra et le chantant, sa bouche édentée rendant sa belle voix chuintante, heureux de vivre, l'air d'un fêlé dans ses habits luisants de vieillerie. Fêlé, il ne l'était pas, mais alors pas du tout. Quand il descendait de la montagne où il habitait, il entrait pour discuter, rapportait des disques et des CD et en empruntait d'autres. Le jour des attentats du World Trade Center, alors qu'il s'était arrêté pour venir aux nouvelles, il énonça, pour calmer une Deva très remontée contre Annibale, que ce dernier était spinoziste. Selon lui, l'Italien avait raisonné par fulgurance, mouvement ultime de la pensée chez Spinoza – celle qui enjambe hypothèses et démonstrations et tout discours discursif, pour exposer directement le résultat. Et hop ! Hop ! Se lançant dans un saut de chat à la réception hasardeuse, Leo mimait pour Deva la vitesse de la pensée de son ami. « Notre Annibale voit loin », lui dit le Suisse. Il riait, la tête renversée. Elle apercevait sa glotte qui gigotait doucement, tandis qu'il remettait sur son nez, tout petit, des lunettes aux verres maintenus par des bouts de pansements autocollants.

Mais où est passée Azucena ?

Azucena ne vient presque plus chez Annibale.

Un lecteur attentif se demande déjà, et à juste raison, qui va raconter les scènes de sexe entre l'Italien et Deva. Oui, qui ? Le rôle du voyeur, ici une voyeuse, apporte au récit la distance nécessaire. Il est le ressort des comédies de mœurs de Molière à Marivaux, l'avantage de celui qui a vu ce qu'il n'aurait pas dû voir et qui le tient caché pour s'en servir à bon ou mauvais escient.

La jeune peintre a voulu mettre fin à son rôle de petite voyeuse occasionnelle. Un épisode récent a précipité sa décision. Alors qu'Annibale s'étonnait de ne plus la voir aussi souvent, elle a fini par bredouiller sur le ton de l'aveu, maladroite à en rougir, qu'elle avait commencé une série de dessins érotiques, que c'était intime et qu'elle préférait par conséquent travailler chez elle. Il lui a rétorqué qu'il se moquait pas mal de ce qu'elle faisait. Quelques jours plus tard, alors qu'elle était en train d'étaler quelques esquisses sur une table de l'atelier du haut qui lui était dévolu, elle l'entendit monter les escaliers. Il a jeté un coup d'œil à son travail, sans émettre de commentaire, comme à son habitude.

Le lendemain, il lui a parlé : « Fillette, vas-y carrément, il y a trop d'hésitation dans tes dessins. Des remords, oui, c'est ça, ton crayon est abonné aux remords. N'aie pas peur de ton sujet, vas-y, fonce ! Ne te pose pas tant de questions ! » Vexée, elle s'est empressée de tout remballer. Avait-il des soupçons ? Voulait-il la démasquer, rien que pour rire de la tête qu'elle ferait ? Azucena ne cesse de ressasser leurs échanges. Quant à Annibale, il a déjà oublié ses propos.

L'inquiétude qu'elle ressentait ne tarda pas à céder devant sa détermination à ne pas abandonner les dessins qui avaient attiré l'attention de l'agent madrilène. Quelqu'un s'intéressait à elle, et c'était bien la première fois. Élevée entre une mère commère à plein temps et un père chômeur intermittent, elle n'allait pas s'avouer vaincue. Ses travaux volés, elle avait l'idée de les mixer à l'œuvre mythique de Carolee Schneemann. Dans son esprit, le projet prenait forme, féministe, érotique.

À ce village enchanteur, elle veut maintenant échapper. Ira-t-elle à Madrid ? À Mexico ? Elle ne sait pas pourquoi, mais elle a hâte de faire la connaissance du collectionneur et mécène sud-américain. Elle rêve. Son ambition s'est éveillée au contact d'Annibale. Chez lui, elle a rencontré des gens de toutes nationalités, de toutes conditions sociales, le plus souvent intéressants.

Ayant saisi au vol un fil, elle saura en faire sa pelote. Comment ? Laissons-lui un peu de temps. Vivre à Mineras a tellement de charme.

Annibale veut un enfant

Quelques années déjà se sont écoulées depuis qu'Annibale a découvert Mineras, quand il est pris d'un désir d'enfant à faire peur, c'est ainsi qu'il l'exprime. Oui, cette pulsion l'envahit, l'obsède. Oui, il s'affole, il craint qu'il ne soit trop tard. Alors il passe à l'action. Arrêtant dans la rue une très belle jeune femme, il lui aurait demandé à brûle-pourpoint si elle voulait faire un enfant avec lui. La belle, qui se prénomme Lucia, est celle dont il dit qu'elle est une « terrible communiste ». Il a vu juste. Elle sera la mère de son fils, Paolo, qui verra le jour à Mineras. En même temps que la naissance, Annibale fête ses quarante-neuf ans. Les années 1970 vont commencer.

Lucia, c'est la fille sur la photo qui attira les regards de Deva et de son amie Suze, quand elles entrèrent chez Annibale pour la première fois. Assise, les bras entourant ses genoux, elle porte une chemise blanche non boutonnée, les manches retroussées au-dessus des coudes ; l'arrondi ferme des seins se devine ; les cheveux longs, très foncés, sont dégagés sur le front, seule une petite mèche indisciplinée s'échappe, des sourcils au dessin impeccable, le nez droit et des yeux étirés qui posent mille questions. Deva la rencontrera bien plus tard. La version de ses « années Annibale » est tout autre. Dans l'école où elle enseigne, quand elle le voit arriver avec sa large cape et ses pieds nus, elle est éblouie. L'amour au premier regard ? On peut donc prédire que ça démarre mal. Elle a vingt-trois ans. Annibale se montrera redoutable avec elle. Elle ne sait rien de lui. Pendant sa grossesse, elle le voit à peine. Il entretiendrait à Gênes une relation avec une prostituée. Elle se sent trahie, mais l'enfant qui va bientôt naître la décide à partir avec lui pour la maison andalouse, dans laquelle ils ont aménagé une pièce pour l'accouchement. La naissance de l'enfant les rapproche. Les tensions subsistent.

Très vite, tout va changer. Elle entame une relation avec un notable politique du village, et cet écart va renvoyer Annibale à son passé, à sa grand-mère, la grande courtisane, à la vie obscure de sa propre mère. Selon lui, l'amant meurt dans la chambre d'hôtel où elle le rejoignait dans la ville voisine. La famille du défunt embarque semble-t-il la jeune femme dans le premier avion et prend les choses en main pour que l'affaire ne s'ébruite pas. Annibale ne bouge pas, ne grogne pas. Ce n'est pas son honneur d'homme qui est atteint, mais le manque de respect dû au père, ce rôle si fragile qu'il a mis cinquante ans à mûrir avant de se sentir capable de l'endosser. Il attend son heure. La mère de Pao repartie pour l'Italie, il décide de la priver de son enfant. Organise ce « rapt » d'une manière quasi militaire. Pour s'occuper du garçon, il fait venir sa mère, âgée de quatre-vingts ans, sans lui laisser le choix, donne le chalet à la gouvernante qui veillait sur elle, s'assurant ainsi que Lucia ne puisse y retourner. Est-ce à ce moment qu'il surnomme son fils « Pao » afin qu'il entende la voix tonnante de son père où qu'il soit ? Craint-il à ce point que Lucia ne cherche à le reprendre ?

C'est ainsi qu'Annibale lui a raconté la séparation. Il applique la loi familiale qui veut que les mères soient bannies. Celles qui élèvent les enfants sont les grands-mères. Espère-t-il par cette rupture brutale et tout à fait illégale solder une fois pour toutes son histoire italienne ?

Que de cruauté, songe Deva, que de douleur aussi. Qu'une question vienne à le déstabiliser, il amorce un mouvement vers son atelier, « Fille, je n'ai pas que ça à faire ! », ses pieds nus martèlent le carrelage, il s'en va, le short hawaïen de son fils froufroutant autour de ses cuisses devenues fines, les jambes belles, alertes. Comment le croire ? Comment croire qu'il arrive à convaincre Lucia que son fils vivra plus heureux élevé loin d'elle, libre, au bord de l'eau ? Il engage une nurse suisse, puis une Anglaise. L'enfant parle plusieurs langues. Un baby-foot et une table de ping-pong font de la maison le lieu de ralliement des enfants, aussi Pao n'est-il jamais loin du regard de son géniteur. À l'époque Annibale a forci, il en impose avec ses cent kilos, la charpente, malgré sa lourdeur, est maintenue serrée par les muscles d'ancien sportif. Il tient encore une forme saisissante. La forme d'un ogre qui confisque son fils.

Lucia n'est pas femme à venir enlever son enfant. Elle attrape une mauvaise maladie qu'elle tient à distance, surmontant rechutes et récidives. C'est ainsi que l'arrachement s'inscrit dans son corps.

Quand la mère d'Annibale meurt à Mineras, il la fait enterrer dans un cimetière de la vallée voisine. Il ne la rapatrie pas en Italie, l'excluant ainsi de l'histoire familiale. Presque une punition *post mortem*. Au cimetière piémontais, dans la chapelle où gît la grand-mère, c'est sa place à lui. Il a toujours répété avec insistance qu'il voulait y être inhumé. Ou qu'on fasse voler ses cendres dans le vent acidulé du torrent, à l'endroit même où les belles filles prenaient le soleil quand il était adolescent. Il avait la certitude qu'il mourrait au printemps.

Julio Le Parc, Soto, Takis… illuminent le village

À Mineras, toujours sous l'influence de Madame D., des célébrités continuent d'affluer. Après les architectes, les artistes. Et parmi eux de nombreux Argentins qui, ayant mis leurs talents au service des manifestants de Mai 68 à Paris, sont expulsés par ordre de justice. Ainsi, Julio Le Parc, pas vraiment le premier venu, grand prix de la Biennale de Venise en 1966, décoré à cette occasion des Arts et Lettres par André Malraux, alors ministre de la Culture de De Gaulle, allez, ouste, dehors, et avec lui d'autres peintres sud-américains, reconduits à la frontière essentiellement pour le rôle actif qu'ils jouèrent à l'École des beaux-arts, et plus précisément à l'Atelier populaire d'affiches, dont les dessins et les slogans collaient à l'actualité de la nuit au lendemain, voire d'une heure à l'autre. De Julio Le Parc, Deva connaît la conception de la guérilla culturelle, ses interventions dans l'espace urbain organisées par le Groupe de recherche d'art visuel, dans lesquelles les spectateurs, pris à partie, sont sommés de participer. Non sans surprise, elle découvre qu'il a écrit un de ses textes fondateurs, *Démystifier l'art*, à Mineras durant l'été 1968. Il ne s'est pas réfugié dans ce village par hasard, il y avait déjà séjourné à l'invitation de son compatriote et peintre Antonio Asis. Le travail de relations publiques de Madame D. porte ses fruits. La présence effervescente de ces Sud-Américains chassés de Paris contribue à donner à Mineras cette couleur artistique et internationale qu'elle recherche, teintée d'une touche de rébellion tolérée par les autorités espagnoles, qui néanmoins surveillent de très près.

Figures de proue de l'art cinétique et de l'art optique, mouvements défendant une abstraction radicale sans concession, fuyant le plus souvent des dictatures d'Amérique du Sud, ces artistes se sont regroupés autour de la galerie Denise René, dont l'illustre directrice, en pionnière, se bat pour imposer tant à Paris qu'à New York la force d'œuvres attaquant de front l'omniprésence de la figuration.

S'établit alors à Mineras une communauté d'amis et d'activistes. La municipalité, trop heureuse d'accueillir tant de talents, favorise leur installation en leur cédant des terrains. Le Vénézuélien Jesús Rafael Soto et le Grec Vassilakis Takis y construisent des villas, tous retrouvant dans le Sud ce qui structure leurs œuvres. Vibrations de la chaleur, mouvements circulaires des vents, couleurs incandescentes, magnétisme volcanique, pierres miroirs scintillantes : la nature locale s'accorde à des créations fondées sur l'étude des lois physiques de la lumière et des couleurs, du mouvement permanent ou aléatoire, du souffle. Des aléas du regard.

En 2013, l'exposition Julio Le Parc au palais de Tokyo émerveille. On y accède en acceptant de s'égarer au cœur d'un labyrinthe obscur dont il faut chercher la sortie à travers un continuum de miroirs en mouvement. Pris de panique, quelques spectateurs claustrophobes appellent le gardien à la rescousse. *Sphère rouge*, une de ses sculptures les plus connues, entièrement constituée de morceaux d'Altuglas, pourrait être inspirée par la pleine lune écarlate qui à Mineras surgit de la mer d'un coup, réverbérant tout autour d'elle un spectre de lumière rougeoyant.

Les habitants assurent que l'artiste continue à venir l'été. Deva ne l'a jamais croisé. À moins que ce grand géant, casquette vissée sur la tête, entrevu quelquefois, ne soit lui. Au village, chacun s'observe et tout le monde se fiche la paix.

Pendant près d'une vingtaine d'années, Madame D. a bien mené ses affaires. Beaucoup de paysans ont trouvé plus avantageux de vendre leurs terres, même si des témoignages ont commencé à circuler sur des pratiques immobilières assez peu orthodoxes. Elle et son associé achèteraient des terrains mais ne les paieraient qu'après les avoir revendus. Bref, ce n'est pas l'affaire Madoff, ni tout à fait une pyramide de Ponzi, mais le procédé s'ébruite, avant d'être dénoncé. Et il se dit que les deux amants, beaux et si intelligents et si follement séduisants, ont dû « s'escapater ».

Une dame de cœur

Tandis que Madame D. cherche à s'installer ailleurs en Espagne, Annibale, lui, s'apprête à prendre femme pour la troisième fois. Alors qu'il caracole vers une soixantaine qui n'a peur de rien, il épouse une Française, prénommée Christiane. Fraîche divorcée de trente et un ans avec deux fils du même âge que Pao. Les garçons ont formé un trio si soudé qu'à la fin de l'été le nouveau couple décide de passer l'hiver en France afin que les enfants grandissent ensemble. Christiane, professeure de collège dans une petite ville des Cévennes, craint les réactions de ses collègues et amis. Qu'à cela ne tienne, Annibale lui propose le mariage sans se préoccuper plus avant de savoir s'il est bien divorcé en Italie. L'affaire est conclue, et le marié, c'était à prévoir, attise la curiosité. Plus inattendu, il assiste au libertinage d'une classe petite-bourgeoise, plutôt commerçante, plutôt enseignante. Participe-t-il ? Il répond qu'il s'ennuie. Et le soir, au lit, confie-t-il à Deva, les odeurs de la jeune femme le paralyse. Deva trouve cette confidence embarrassante, mais elle rejoint nombre de celles que lui ont faites d'autres hommes et femmes, intarissables sur la question des slips, culottes et soutiens-gorge, de l'hygiène intime négligée. L'art du lit partagé dans la vie quotidienne, sujet longtemps apanage de la littérature chinoise ou japonaise, mériterait un traité plus adapté à nos mœurs contemporaines et aux rencontres fortuites, estime Deva, qui par ailleurs n'a jamais eu un goût prononcé pour la promiscuité. Un collègue, après l'avoir embrassée pour la saluer en la serrant un peu fort dans ses bras, avait proclamé à voix haute : « Cette femme n'aime pas qu'on la touche », remarque qui l'avait agacée, parce qu'elle n'était pas fausse. Quant à dormir avec quelqu'un dans un même lit tous les soirs, autant l'empêcher tout de suite de respirer.

Oui, ce traité pourrait commencer par l'interdiction d'une place assignée, toujours la même, lui à droite dans le lit, elle à gauche, ou l'inverse. Il pourrait aussi conseiller d'éviter la lecture, le corps calé bien droit par les oreillers afin d'empêcher que les parties intimes n'imprègnent trop le haut du drap. Le lit devient vite un concentré d'odeurs. Il faudrait alors changer les draps chaque jour. Deva aimerait bien s'amuser à écrire un petit manuel de la chambre à coucher, mais n'a pas le temps.

Après un hiver passé dans le centre de la France à subir la neige et le grand froid, dès l'été revenu, Annibale précipite le départ pour Mineras, accompagné de sa nouvelle femme et des trois garçons. La joie qu'il éprouve à se sentir de retour chez lui le confirme dans sa décision secrète de ne plus en bouger. Christiane, malgré son rêve de vivre au soleil, ne se décide toujours pas. L'histoire entre les adultes prend fin. Pao va-t-il aller en pension en Angleterre ? Elle suggère qu'il reste une année supplémentaire avec ses demi-frères. Le garçon a douze ans, elle l'élèvera jusqu'au baccalauréat. Deva admire la générosité de cette Christiane. À peine mariée et déjà délaissée, elle agit en femme de cœur. Annibale acquiesce, pour une fois il est d'accord. Par cette dernière union, il a réussi à donner une famille à son fils. Déchargé de son éducation, il délègue, soulagé, son autorité paternelle. Libre de nouveau.

La femme de cœur se révèle en même temps femme de tête. Sans prévenir Annibale, elle a l'idée de réunir Pao et sa vraie mère. Régulièrement, elle l'emmène à Lyon, à mi-chemin entre Turin et la petite ville où elle demeure, afin que mère et fils puissent se réhabituer l'un à l'autre, s'amadouer loin des scories déposées par le père. Le fils entend la version maternelle, et c'est pour lui un gouffre. Il entend sa douleur, ses tentatives pour le reprendre, son impuissance. Les rencontres s'échelonnent sur quatre ans, les deux femmes sympathisent et, à leur tour, fraternisent face à une histoire commune. Car ce n'est pas rien d'affronter un Annibale et toutes ses « annibaleries » quand on est une jeune femme. C'est ce que pense Deva. Comment s'en sortir avec un homme qui apporte un soin minutieux à commencer des relations, sachant qu'il ne pourra s'empêcher de les détruire à la première occasion ?

En réussissant ce rapprochement familial, Christiane a réouvert *de facto* un chemin vers l'Italie dans la vie complexe d'Annibale. Et Lucia, qu'il le veuille ou non, en récupérant l'affection de son fils, a reconquis son statut de mère.

Paradis perdu et premières usines

L'entreprise touristique et intellectuelle élitiste de Madame D. portait en elle son paradoxe. En attirant l'attention sur le paradis perdu de Mineras, elle allait en accélérer le développement. Ceux que la pauvreté avait condamnés à l'exil reviennent, montent des cafés, des hôtels, des restaurants. Mais les habitants veulent des plans plus ambitieux qui donneraient du travail à l'année et retiendraient, enfin, la jeunesse sur place. Des usines vont métamorphoser le paysage et l'économie. Un complexe industriel va progressivement venir boucher toute l'aile droite de l'immense baie, du côté des villas des Français. Cimenterie, centrale thermoélectrique, installations de désalinisation de l'eau de mer, les plus importantes d'Europe. Des pans de métal et d'inox se découpent sur la montagne sauvage. Des Italiens, des Roumains formant les équipes de direction et technique emménagent au village. Des Chinois venus d'Italie ouvrent des bazars où l'on trouve tout, et rien qui soit fait pour durer. Deva a vu naître leurs premiers bébés, aujourd'hui des adolescents pleins d'autorité. Avec les mêmes cheveux noirs que leurs copains espagnols.

Avant d'arriver aux usines est inauguré, enfin, ce que tous les autochtones attendaient depuis des dizaines d'années : un port de pêche. L'affaire revêt une telle importance que le roi Juan Carlos et la reine Sophie atterrissent le 26 septembre 1991 sur la plage dans un grand fracas d'hélicoptère et de sable giclant en geysers tout autour d'eux.

La robe de la reine s'envole. Cette apparition biblique marque les esprits et laisse augurer des pêches miraculeuses.

Les Africains qui traversent au péril de leur vie le détroit de Gibraltar trouvent à s'employer auprès des armateurs. Plus tard, leurs femmes les rejoignent avec les enfants ; certaines montent des commerces d'objets artisanaux qu'elles vendent au marché hebdomadaire. Deva s'étonne de l'ingéniosité de l'une d'elles, une Sénégalaise nommée Hawa. Résistant à la facilité d'écouler une maroquinerie grossièrement imitée des marques de luxe, elle préfère proposer des animaux en paille tressée et quelques bijoux fantaisie. La vivacité commerçante de cette mère de famille qui n'a jamais eu un mot pour se plaindre mériterait un portrait dans la série d'été que publie *El País* en dernière page et que Deva dévore tout en se demandant comment la rédaction réussit à sortir un quotidien si épais, une rubrique culturelle de qualité capable de décortiquer deux jours d'affilée les raisons de la brouille historique entre Mario Vargas Llosa et Gabriel García Márquez, longtemps amis inséparables. Ce journal, créé en 1976, un an après la mort de Franco, paraît même le dimanche, et ses suppléments régalent le lecteur de leur singularité.

En lisant la presse, Deva se rend compte à quel point l'Espagne est vivifiée par cet énorme continent sud-américain avec lequel elle partage une même langue. Quelle inépuisable réserve d'oxygène et de jouvence constitue ce pont culturel transatlantique et séculaire.

À Mineras, l'horizon maritime a changé. Plutôt que de suivre au loin les divers porte-conteneurs, cargos et paquebots de croisière qui arrivent de l'océan Atlantique ou qui s'y dirigent, il y a désormais d'énormes barges amarrées à quelques centaines de mètres des côtes qui attendent de charger ou de décharger leur cargaison après avoir accosté le long des quais construits sur la mer. Quand Deva se balade sur la grève, située au-delà du port en direction du sud, elle songe à une plage fellinienne ou, plus près de nous, à quelques descriptions du livre *D'acier*, de la romancière italienne Silvia Avallone, vision apocalyptique d'un bord de mer massacré par des hauts-fourneaux.

Oui, à Mineras, le paysage a changé. Il y a une très haute cheminée qui, malgré sa peinture bleu azur, crache une fumée granuleuse.

L'avidité des promoteurs a pourtant été freinée par le classement en 1987 de l'ensemble de la zone du Cabo de Gata en parc naturel national, puis en réserve de biosphère par l'Unesco avec les salines situées autour du cap, résidence d'élection des flamants roses, les coraux, les massifs d'algues précieuses. Avec des plantes et des oiseaux endémiques et des minéraux uniques. Chaque hiver, des élèves en master de géographie, de géologie, issus des meilleures universités européennes viennent, nombreux, étudier cet écosystème qui s'étend sur des kilomètres. Jusqu'à quand résistera-t-il ?

Sans que l'on sache pourquoi, environ trente pour cent des espaces ont échappé au classement en parc naturel national. Année après année, Deva a vu la montagne se faire dévorer par des immeubles bâtis en espalier sur l'exact emplacement des terres anciennes cultivées en terrasses. En dix ans, elle a assisté à l'encerclement des villas d'exception par des logements aussi dépourvus d'esprit qu'indispensables afin de faire face à l'augmentation de la population. Si certains propriétaires de maisons particulières s'accrochent coûte que coûte, la majorité a vendu.

Le tourisme souhaité par Madame D. a plié bagage depuis longtemps, mais quelques résidents, amoureux de la première heure, ils ne sont plus nombreux, trouvent normal et sain ce développement économique qui a donné du travail à toute une génération dont les enfants poursuivent désormais des études supérieures. Ils affirment que Mineras a préservé son pouvoir d'enchanter celui qui, aujourd'hui encore, y fait halte par hasard. Aucun argument, et encore moins la réalité, ne saurait les faire changer d'avis.

Une belle-fille improbable

Pao a eu son bac en même temps que le fils aîné de Christiane. Il a le choix entre préparer Polytechnique à Paris ou Politecnico à Turin. En retenant Turin, il confirme son rapprochement avec sa mère. Lucia, originaire d'Émilie-Romagne, n'a jamais quitté le Piémont d'Annibale, là où elle a eu son premier poste d'institutrice ; là où elle a vu, un jour, arriver ce drôle d'énergumène enroulé dans sa cape de vagabond pour enseigner le dessin aux enfants, seul travail qu'il avait fini par supporter.

Et puis, un jour, Pao se marie. Pas de doute, il est bien le fils d'Annibale. Pourquoi parmi les jeunes femmes qu'il côtoie ce garçon grand, beau parti, très bien diplômé, l'esprit plus rapide qu'une balle de ping-pong, choisit-il d'épouser la fille du gendarme qui, quarante ans plus tôt, jeta son père en prison à son retour de voyage avec la jeune Milena ? Avec elle, il aura deux fils. Ce signal qu'il envoie à son paternel tient du bras d'honneur. Annibale se rend au mariage avec une amie, veuve de commissaire de police qui habite près de Bordeaux. Christiane, la troisième épouse, est là. Lucia, la mère de Pao, est là. Et la famille du gendarme aussi.

Au bras d'honneur de son fils, il répond par un pied de nez. Jubile de venir accompagné par la femme d'un commissaire. Commissaire contre gendarme, c'est le jeu qu'il s'est inventé le temps de marier son fils.

L'été, Pao et sa nouvelle famille s'installent chez Annibale. Sa femme et ses deux enfants vivent barricadés au premier étage comme dans une place assiégée, tandis que lui va et vient, rencontre ses amis d'enfance. Belle-fille et beau-père ne se parlent pas ou peu. Elle demande qu'il ne prenne pas dans ses bras ses petits-enfants, soutient qu'il a les mains trop « sales » à cause de ses travaux. L'aîné des fils, bâti en force sur le modèle de son père et de son grand-père, pleure beaucoup. Il a peur de tout, sauf de son aïeul. Ensemble, ils regardent la télévision assis côte à côte, chacun dans son grand fauteuil de cuir, chacun son poste et chacun son émission, hermétiques au monde qui les entoure. Ils ont la même forme de nuque, taillée au carré. Annibale a-t-il été, lui aussi, ce genre de petit sauvage craintif et capricieux ?

Le jour de son mariage, la fille du gendarme, belle femme au demeurant, vêtue d'un tailleur crème, chapeautée d'une capeline en toile, arbore l'air de celle qui a la situation en main. Pao la quitte quand son premier fils fête ses sept ans. Il a retrouvé une amie de jeunesse dont la famille possédait une maison à dix kilomètres de Mineras. Une fille de toute beauté, comme son père n'en a jamais eu. Une Parisienne, comme Deva.

Lawrence d'Arabie *restauré, ressuscité*

Mais où est passé David Lean ? On est en 1987. Soit vingt-cinq ans après la sortie de *Lawrence d'Arabie*,

Martin Scorsese, entre autres admirateurs du réalisateur, soutient la restauration de la pellicule du film. C'est un dénommé Robert Harris qui s'est lancé dans l'aventure, entouré de techniciens réputés. Il a organisé cette opération en s'installant dans un hangar de la ville de Mamaroneck, à une heure de train de New York. Avec l'accord de la Columbia, l'homme a eu accès aux archives. Sur la fiche du film, tout est classé, répertorié, prétendument en ordre. Mais après ouverture des boîtes, il trouve un fatras en piteux état de pellicules bombées, rayées. L'équipe au travail possède trois repères. Elle sait qu'en décembre 1962, à l'issue de la projection de *Lawrence d'Arabie* organisée pour la reine d'Angleterre, deux autres versions ont vu le jour : une pour la télévision et une autre, amputée de vingt minutes, pour répondre à la demande des exploitants qui souhaitent un film raccourci. Mais qui a décidé de ces coupes ? Les cinq oscars que récolte l'œuvre en 1963 ont, c'est probable, laissé de côté responsabilités et questions techniques. Dans la griserie du succès, chacun est reparti sans se soucier de la version originelle.

Alors qu'autour de Robert Harris chacun s'interroge sur la marche à suivre, un amoncellement de bobines est déversé anonymement devant le hangar. Quatre tonnes de matériel parmi lesquelles d'autres versions du film. Il y a là de quoi reconstituer les parties manquantes et améliorer la narration, notamment certaines relations entre les personnages devenues trop elliptiques à la suite des coupes. Ainsi sont récupérées des séquences superbes, grouillantes de chameaux et d'hommes en armes. Des scènes de bataille, notamment celles tournées à Mineras. La restauration prend tournure. Quand la bande-son est défaillante, des sourds et malentendants déchiffrent les dialogues sur les lèvres des acteurs, qui tous sans exception se sont déplacés pour réenregistrer ce qui a été perdu : Anthony Quinn, Peter O'Toole, Omar Sharif, Alec Guinness.

On peut s'étonner que David Lean ne soit pas convoqué, il aurait son mot à dire. Les studios ont demandé le secret. Ils sont les maîtres et ne connaissent que trop le caractère ombrageux du réalisateur. Quand ils lui ont écrit, n'ayant pas eu de réponse, ils se sont bien gardés d'insister. Mais qui va être le chef monteur ? C'est seulement au stade ultime de la restauration d'une pellicule enfin utilisable que s'impose le nom d'Anne Coates, tout simplement la monteuse de la version originale. Elle exige la présence du cinéaste et promet qu'elle le trouvera où qu'il soit. Elle le localise en deux coups de fil : il est en Espagne. D'aucuns pensent qu'il est à Mineras, chez Barbara, à la villa Casa Blanca. Après un détour par Londres, le réalisateur se rend directement à Mamaroneck. Il n'est pas question qu'il se laisse dicter un seul point du montage. Mais devant les travaux accomplis, il réalise, ému, que tous ces hommes qui l'attendent vivent au rythme de son œuvre depuis des mois, et qu'ils la contrôlent désormais mieux que lui, alors il s'incline et ne tarde pas à valider une version de deux cent seize minutes. Restauration, tirage des nouvelles copies ont coûté trois millions de dollars et demi. Sans compter le lancement mondial à grand fracas de ce *Lawrence d'Arabie* ressuscité dans toute sa splendeur originelle. David Lean se sent exaucé. Pour une fois, il affiche sans réserve sa satisfaction.

Un autre récit d'Annibale

Après Mafalda, héroïne des années 1960, au tour de Benita, native de Malaga. Dans les années 2000, elle travaille pour un organisme européen quelque part au Luxembourg. S'arrange toujours pour aller à Mineras quand Deva n'y est pas. C'est une brune bouclée d'une petite quarantaine. Elle vient de confier à Annibale, son ami de longue date, qu'elle a lu non sans surprise dans le supplément d'un quotidien français sérieux les aventures d'une star de l'industrie pornographique dont le sexe fait l'orgueil de sa mère, persuadée qu'elle a accouché d'un génie, sorte de réincarnation du dieu Pan.

Benita voudrait visualiser un tel engin. Trente centimètres en action. Ou au repos. Elle ne sait plus. Plus qu'essayer, voir. Voir pour croire. Une histoire vieille comme le monde. Qu'en pense Annibale ? Fidèle à son habitude, il répond à la demande, avec en tête l'idée de s'inspirer de cette commande pour développer son propre travail. Il propose de sculpter un appendice aux dimensions capables de calmer la frustration qu'exprime sa visiteuse. Mais sur ce même thème, il souhaite réfléchir à une sculpture qu'il exposerait quelque part dans le patio.

« Benita me fait rire, explique-t-il à Deva. Elle essaie de résumer la situation par un syllogisme imparable, du genre : "Si des hommes sont ainsi dotés, des femmes les rencontrent, alors pourquoi pas moi qui suis une femme ?" Tu vois la déduction acrobatique ! »

Oui, Deva voit très bien. À l'issue de ce court récit, elle ne pose aucune question. Sa relation avec Annibale prend un tour délicat, ce dernier se plaignant avec amertume qu'elle abandonne peu à peu leurs jeux sexuels. Tout ce qui lui échappe provoque sa colère et des outrances verbales dont il ne songerait jamais à s'excuser. Veut-il la rendre jalouse ? Elle doit agir vite pour ne pas tomber dans la banalité des récriminations, mais, souvent absente, que peut-elle entreprendre ? L'idée principale qui la guide est d'empêcher par tout moyen qu'Annibale retourne chez les Transparents. Alors pourquoi ne pas lui donner la liberté de se consacrer aux fantasmes de Benita, qui le gardent fringant et l'occupent ? Son amie *malagueña* a dû être joliment surprise d'avoir été si bien entendue. Deva apprécie la réactivité d'Annibale et s'étonne de son aptitude à ajuster ses réponses à des demandes assez vulgaires par leur banalité même. Mais qui, si on y réfléchit bien, traversent et travaillent un imaginaire universel. Autant celui des femmes que celui des hommes.

Et les femmes font confiance à Annibale. Lui dit simplement qu'il les a toujours comprises. Deva tente-t-elle d'insinuer que son âge favorise les confidences intimes, il hausse les épaules, même pas vexé. « Pense ce que tu veux, fille. » Elle se trouve mauvaise joueuse.

L'excitation d'être passif

Annibale a décidé que Deva serait son initiatrice. Il se met dans la position de celui qui ne sait pas, ou qui ne sait plus parce qu'il aurait tout oublié, et auquel il faut tout apprendre ou réapprendre. Il lui laisse la main et montre à quel point cette position d'attente l'excite. Il veut être homme, il veut être femme, s'émerveille de découvrir qu'il n'y a pas meilleur terrain que les jeux sexuels pour permettre ces glissements d'identité et de genre. Il lui confie son corps avec la fougue d'un jeune homme, laquelle, à quatre-vingts ans, relève plus de la maladresse que de l'empressement. Deva se sent par trop obligée et prend de la distance, flairant la complaisance qu'il y a à se livrer ainsi. Aurait-il peur ? Ou, pour être plus précis, a-t-il peur d'elle ? Elle a le même âge que son amante richissime de Sestrières. Et Deva se rappelle avec quel ton il lui avait avoué son effroi devant le « désir abyssal » de ces bourgeoises milanaises. L'une d'elles, lui avait-il raconté, l'avait attaché avec des foulards pour mieux le sucer. Elle a compris depuis un certain temps déjà qu'il a gardé de ce lointain passé le goût d'être contraint et d'obéir malgré lui. Et qu'il voudrait aller plus loin dans l'exploration du duo que la domination construit avec la soumission.

Initiatrice ? Ce n'est pas la pente naturelle de Deva. La pédagogie au lit l'assomme. Annibale par sa passivité même indique qu'il attend beaucoup d'elle, et qu'il veut rester le bel endormi, se réveillant lentement sous l'effet des caresses. Elle va se montrer exigeante avec lui. Il en sera le premier surpris.

Faire du huit et être heureux

On ne commente pas ce que l'on n'a jamais vu. On apprend. C'est comment, la virilité d'un homme octogénaire ? Disons : petit format. Impossible, sauf à être sexologue ou urologue, de deviner comment c'était avant. Maintenant c'est comme un doigt. Comme un majeur. Qui se relève, qui est dur. Entouré de peau plutôt lisse. Qui est peu charnu et ne gonfle plus. Que cet appendice néanmoins bande rend heureux Annibale. Il vit un renouveau. Deva ne dit rien. Elle ne pose aucune question. Elle essaie de ne pas montrer qu'elle ne s'attendait pas à ça. En fait, elle n'avait pas réfléchi. Si, de son côté, il expérimente, elle-même se sent en apprentissage. Est-il gêné par son organe enfantin ? Il ne se soucie plus du jugement sur la taille de son pénis. C'est un champion du clitoris. Il est allé à bonne école, une éducation par les femmes, ça ne s'oublie pas. En revanche, elle est à peu près certaine qu'il n'a jamais été un fou de la pénétration, ni de toutes les phrases s'y rapportant : « Je vais te la mettre jusqu'à la garde. Et là, tu la sens comment ? » Pas son genre, mais que sait-on des goûts sexuels des gens âgés ? À chaque fois qu'elle en rencontre, Deva essaie de lire sur leur visage, dans leurs gestes, s'ils ont été amants ou amantes comblés – s'ils le sont toujours.

Annibale est immergé dans les mille manières d'obtenir du plaisir. Trop avide pour être sensuel, il prend tout. Deva est d'accord pour ouvrir le catalogue, mais pressent qu'après la dernière page elle aura envie d'autre chose. Comme elle ne vit pas avec lui, entre deux séjours elle a du temps pour gamberger à la prolongation du désir. Et ça marche. Attaches et liens multiples, pénétrations, y compris urètre, ondinisme, masques et panoplies, jeux de rôles divers et accessoires. Assez peu conforme aux définitions romantiques du couple fusionnel, une distance romanesque, qu'elle surtout a voulu introduire, favorise l'érotisation de leurs rencontres. Il a des couilles haut perchées de jeune homme, il apprécie qu'elles soient serrées. Plus il jouira, plus elle s'absentera, plus il s'en rendra compte, moins il trouvera les moyens sexuels qui pourraient lui plaire. Il a perdu ses automatismes. Elle le voit comme un vieux lion, goulu et vite rassasié. Avec par moments des fulgurances érotiques qui sortent des sentiers battus, parce qu'il les invente.

Deva pourtant ne voudra pas le lâcher. Quelles explications pourrait-elle donner ? Aucune probablement. Alors sans perdre de temps elle s'active pour lui trouver un possible objet de substitution, un dérivatif à sa belle énergie récupérée. À l'inverse de ce que décrit son ami Fred, théoricien des Transparents, l'attachement pour elle n'a rien à voir avec des liens coercitifs mais n'a de sens que s'il rime avec renouvellement et imagination. Sinon, mieux vaut se libérer.

Pour elle, Annibale est unique. D'accord, il fait du huit ; est-ce une raison pour prendre la tangente ? Non, vraiment, il ne faudrait pas non plus qu'elle joue les déçues. Des membres d'homme, elle en a vu de toutes les tailles, de tous les calibres, et même un en forme de tire-bouchon – il gonflait tout en gardant son aspect spiralé ramassé sur lui-même. Elle avait trouvé un prétexte urgent et poli pour s'éclipser.

L'insatiable David Lean

David Lean a cessé de parcourir le monde. Son dernier voyage a consisté à repérer des décors en vue d'une adaptation d'un roman de Conrad, *Nostromo*. Âgé de soixante-dix-neuf ans au moment de l'opération Mamaroneck et de la restauration de *Lawrence d'Arabie*, il mourra quatre ans plus tard, le 16 avril 1991, sans avoir pu mener à son terme le projet d'un dernier film. Il aura malgré tout trouvé du temps pour épouser en 1990 Sandra Cooke, une acheteuse d'art de haut vol qu'il avait rencontrée en 1985 chez Harrods, au rayon épicerie, dont ils étaient tous deux les clients assidus et gourmands. À quarante-cinq ans, celle qui sera sa sixième et dernière femme est de sang russe et possède ce regard lourd qui le fait chavirer, cerné de khôl noir, brillant. Dans *David Lean, un portrait intime*, elle livre, entre autres confidences, sa certitude que son nouveau mari, même vieillissant, « l'aurait aussi sûrement quittée qu'il a quitté toutes les autres ». Qu'il se conduit dans sa vie sentimentale de la même manière qu'avec le montage d'un film. Et chacun sait que Lean a débuté dans le cinéma en tant que monteur et qu'il est un as en la matière. Celle qu'il abandonne passe à la trappe à la manière d'une chute de pellicule. Brutalement et sans regret. Et pire : sans laisser de traces. Ne compte plus que la prochaine, qui le plus souvent se profile déjà dans son viseur.

Sandra Cooke n'a pas tort. Il suffit de voir comment il se débarrasse de Barbara Cole, la scripte de *Lawrence d'Arabie*. Il sait qu'elle est la compagne idéale, l'a toujours su. Mais qu'est-ce qu'une compagne idéale au regard d'une amante rêvée ? Il se conduira avec elle comme un mufle quand, par une lettre datée du 18 novembre 1966, il lui avouera qu'il est tombé amoureux, en Inde, d'une jeune femme de vingt ans, nommée Sandy Hotz – décidément, constate Deva, le continent indien joue un rôle important dans la vie des personnages sur lesquels elle enquête.

Je suis tombé amoureux de cette jeune fille. Avec un foutu orgueil, je disais que cela ne pouvait plus m'arriver, que j'étais immunisé, que j'étais au-dessus de cela. J'ai presque le sentiment de ne plus rien comprendre. C'est comme si je tombais du haut de ma fière arrogance. Je ne sais pas, ma chérie, si c'est la meilleure ou la pire des lettres que je pouvais t'écrire. Cela fait plusieurs jours que j'y travaille. Tu es la meilleure amie que j'ai eue dans ma vie. Tu m'as pris comme j'étais et tu ne m'as jamais fait le moindre mal. Tu mérites mieux que cette lettre – mais je ne sais pas quoi […], on dirait que la totalité de ce voyage était destinée à me mettre dans la situation où je suis. Peut-être suis-je en train de rendre le destin coupable du mal que je te fais. J'imagine que je tente d'expliquer que je n'ai rien préparé. Je ne culpabilise même pas, car je ne suis coupable que du mal que je te fais.

Mufle et cruel avec indécence, se dit Deva qui continue à lire :

Sa vivacité et son optimisme ont allumé en moi une étincelle que je croyais à jamais disparue. Tu me connais assez pour savoir que ce n'est pas un flirt. C'est un brusque retour à la vie – dont je ne pressentais pas le danger.

Quelle lettre de rupture pleurnicheuse. Lean a pourtant cinquante-sept ans. Il est toujours marié à l'Indienne Leila Matkar, et Sandy a dix-neuf ans. Barbara répond à son ex-amant une lettre qui étonne par sa dignité la nouvelle amoureuse de Lean. « Si le hasard ne m'avait pas mise sur le chemin de David, dit-elle à Kevin Brownlow, auteur d'une biographie circonstanciée du réalisateur, Barbara aurait été la femme parfaite. Elle l'aimait et le soutenait. »

Et que fait Barbara ? Elle revoit le réalisateur à Madrid. Et pourquoi a-t-elle accepté ? Au nom de ce statut qu'elle revendique de femme qui a le plus aimé l'homme versatile. Le bruit a couru qu'elle avait voulu garder la Rolls. Elle aurait dû.

Deva regrette de n'avoir qu'entraperçu Barbara. Pour elle, elle fut juste cette dame aux traits fins et aux cheveux blancs coiffés avec soin qu'elle a vue passer à deux ou trois reprises devant chez Annibale. Une femme respectée de tous. Elle se tenait toujours très droite et non sans noblesse, des jambes longues dans des mocassins plats. Comment imaginer la professionnelle de renom qu'elle fut quarante ans plus tôt ? La femme active qui, entre deux films et en même temps qu'elle surveillait la construction de ses maisons, avait lancé El Bistro, un restaurant chic dans la rue qui monte vers l'église ? Elle meurt avant que Deva commence ses enquêtes sur Mineras et tous ses personnages – qui amusent Annibale autant qu'elles l'énervent, mais grâce auxquelles il apprend nombre de faits qu'il ignore, tandis qu'il continue à cacher ce qu'il sait ou qu'il feint d'avoir oublié. « C'est si loin, fille ! Et puis, moi, le cinéma… »

Trois frigos pour un homme seul

Annibale ne quitte jamais Mineras. Diabétique, il entretient avec la nourriture une relation aventureuse. Dans l'estomac tout se mélange, dit-il. Et personne ne demande aux aliments lequel d'entre eux est arrivé le premier. Une théorie qui lui permet de manger n'importe quoi, n'importe comment, n'importe quand, et des mélanges qui peuvent sembler dégueulasses. Un homme qui vit seul a-t-il besoin de trois réfrigérateurs ? Annibale, sans aucun doute. Et pas trois petits, mais des grands frigos, chacun avec congélateur et chacun doté d'une fonction précise. Deux d'entre eux trônent dans la cuisine, côte à côte. Un autre dans une pièce-vestiaire servant d'antichambre à son atelier.

Quel dieu des petits plaisirs a ordonné qu'il fallait terminer un repas par du sucré ? Une nouvelle fois, ce qui étonne dans ses choix et souvent choque résonne avec une diététique actuelle qui recommande le sucré avant le repas, moyen de calmer la faim et de ne pas être en manque quand on quitte la table. Il écoute son corps. Vante le temps où le médecin sentait les selles, l'urine et l'haleine avant d'établir un diagnostic. Des odeurs, il faisait une science.

Les dates de péremption des produits ? Selon lui, une vaste fumisterie. Prenant l'exemple des œufs, il veut mettre au point un système qui les daterait au sortir du cul des poules. Il est vrai qu'il ne raisonne pas en se basant sur les élevages industriels, mais sur la fermière de son enfance, qui ramassait ses œufs quand elle avait le temps. Cette manière de se nourrir lui vient de la guerre, pendant laquelle il a avalé des dizaines de boîtes de conserve gonflées par la chaleur. Il dit qu'à ce régime, son estomac s'est immunisé. Que les moisissures sur les aliments, sorte de pénicilline naturelle, le protègent de bien des pesticides.

À l'intérieur de ses frigos règne une anarchie indiquant un désordre alimentaire organisé. L'un des trois frigos est plutôt réservé aux boissons non alcoolisées, notamment au lait, et aux produits qu'il fait venir d'Italie, comme les tommes de parmesan. Dans un autre, il empile les restes des repas, mais aussi légumes, charcuterie et une foultitude de paquets de biscuits, de chocolats, de grignotages pour enfants, tous entamés, tous garantis sans sucre, tous pour diabétiques. Le troisième cache les glaces, d'autres sucreries, des bouteilles de vin et plein de préparations non identifiées destinées à ses travaux manuels. Il faut donc faire attention. Les clayettes explosent de nourriture, et pourtant il mange peu. Le soir, juste une soupe. Mais il a été un gros mangeur, comme en témoignent des photos prises quand il était dans la force de l'âge. Au début de leur relation, Deva a tenté sans succès de mettre de l'ordre dans cet amoncellement de bouffe, essayant seulement de fourrer au mieux ce qu'elle achète dans les frigos surpeuplés. Il n'aime pas qu'on jette, et surtout pas derrière son dos.

Sur des étagères s'alignent des bocaux d'épices et d'herbes capables de donner du goût à n'importe quel plat. À l'intérieur des placards, peu de choses, sauf un faitout miracle pour cuire à la perfection les spaghettis et les servir dans les règles. Il s'enferme presque pour cuisiner une sauce dont il tient secrète la recette. Il abuse de l'origan.

Certains soirs, il se surpasse. S'il est de bonne humeur, il arrive qu'à la nuit tombante convergent vers sa terrasse une douzaine de touristes qu'il a invités tout au long des visites et conversations de la journée. Il les a bien sûr oubliés, mais en un tour de main il s'exécute, apporte son grand faitout de spaghettis fumants et quelques bouteilles de son vin entêtant, menant la conversation avec sa grosse voix. Chacun admire la table installée face à la mer, les assiettes laissant apparaître des carreaux de fleurs et de papillons qu'il a lui-même dessinés et cuits dans son four. Encore des spaghettis ? demande-t-il. Il repart dans sa cuisine, chasse une blatte et ne tarde pas à rapporter un plat odorant, râpe et tomme de parmesan sous le bras. Il se fait applaudir. Qu'il aime faire le beau !

Le mot qui fait mal

Vieux. C'est l'adjectif qu'Annibale s'obstine à vouloir que Deva prononce. Dans ses lettres, dans ses coups de fil, il oriente ses questions rien que pour l'entendre confirmer que oui, elle a changé, que, oui, son cher Annibale est trop vieux pour elle. Jamais, mais alors jamais, elle ne lui donnerait une raison aussi bête parce que l'évidence même. Une fois, il lui a avoué qu'il se sentait si jeune qu'elle ne le traitât pas comme un vieux monsieur, qu'il lui en était reconnaissant. Il est vrai qu'elle ne le ménage pas. Lui crier maintenant au visage qu'elle le trouve trop âgé avec l'assurance de le blesser, vraiment quel intérêt, sinon le renvoyer à cette pesante mélancolie qui lui tombe dessus sans prévenir, alourdissant tous ses gestes si vifs d'ordinaire. Deva a une amie chinoise, masseuse de génie et très belle femme, qui conseille de ne plus compter les années après quarante-neuf ans, au risque d'abandonner peu à peu des actions nouvelles sous prétexte qu'elles ne sont plus « de notre âge ». Deva ne veut pas qu'Annibale quitte la partie. L'avoir réinitié au plaisir charnel peut être comparé au fait de lui avoir réappris à lire ou à écrire au sortir d'une longue dormance, presque un coma. Elle le sent flancher. Il n'en est pas question.

Il lui a raconté un souvenir qui l'a charmée. Il s'agissait de Pancetta, un copain d'enfance dont le poids devait beaucoup à cette charcuterie italienne dont le gras fait toute la saveur. Sa vie durant, il avait formé un trio avec l'amant de sa femme. Ils partageaient le même toit, souvent le même lit, se plaisaient énormément ensemble. Ils s'aimaient sans aucune fidélité. Pancetta, alors qu'il se faisait vieux, lui aussi, l'avait averti : « Annibale, n'abandonne pas, car quand tu arrêtes, le moteur ne repart jamais. » Il parlait de sexe, bien entendu. Deva se dit que le polyamour, terme paresseux que les sociologues actuels se donnent comme nouveau champ d'investigation, a de tout temps existé. Et ils sont plus nombreux qu'on ne le croit à n'avoir jamais eu besoin qu'on leur épelle le mode d'emploi d'une vie sexuelle adoptée contre les modèles imposés. « Il faut réinventer l'amour », dit Paul B. Preciado.

Le moteur ne repart jamais. Elle n'aura de cesse qu'il suive l'avis éclairé de Pancetta. Sur la manière de s'y prendre, Deva a bien une idée mais ne sait pas trop comment lui en faire part. Elle sent sa douleur, son orgueil blessé. Il lui écrit des lettres désagréables. Amoureuse ou pute, c'est soit l'une, soit l'autre. De toute façon, il ne connaît que ces deux sortes de femmes. Elle tient bon. Pourquoi ? Parce qu'elle le voit qui s'emballe, devient si injuste qu'elle en rirait presque. Malgré toutes tes méchancetés, je suis là, je reste là. Bien qu'il ne lui ait jamais demandé de déguerpir, elle entend son cœur qui bronche mais ne se décide pas. Est-ce qu'il se rassure de son opiniâtreté à rester auprès de lui ? Il l'aime. Il parle de sa trahison en crachant comme un chat sa colère.

L'été de la même année, elle ne peut venir comme prévu. Il ne la croit pas, devient odieux. L'hypothèse qu'elle soit une putain tient la corde. Deva tente en vain de le calmer. Une maison est à vendre à côté de chez lui. Elle hésite à l'acheter. Quand elle revient à Mineras, une femme de Salamanque, appelons-la Chimène, l'a déjà acquise. Pour s'assurer de la vente, elle ira jusqu'à prendre racine chez Annibale. Elle a l'argent pour payer cash, se promène les seins à l'air, boit avec lui sans rechigner et possède tous les arguments pour plaire à son hôte : extravertie, hyperactive et riche. Pas une beauté mais une « nature », comme on dit, qu'Annibale apprécie, c'est certain.

A-t-il voulu se venger de l'absence de Deva en l'empêchant d'acheter la maison voisine ? Se venger d'elle ? Ou de son fils ? Car il ne souhaitait pas davantage que celui-ci se portât acquéreur. Mise devant le fait accompli, Deva a regretté de ne pas s'être décidée plus vite, mais bon, elle n'était pas prête, c'est tout. Notant quand même la rapidité de la manœuvre, qui l'a privée du temps de réflexion nécessaire.

Juste retour des choses, le sans-gêne naturel de Chimène ne tarde pas à exaspérer Annibale. Elle entre chez lui comme si elle était chez elle. Il lui manque toujours quelque chose, et il y a tout ce qu'elle cherche dans l'atelier de son voisin – des marteaux, des pinces, des niveaux et tant d'autres objets dont Deva ne connaît pas même le nom.

Deva propose, Annibale ne dit mot

Maintenant qu'Azucena a déserté, l'Italien a besoin d'une autre confidente. Ce sera un homme. Il prend à témoin son vieil ami restaurateur de meubles, un Turinois, installé comme lui depuis longtemps dans la région. Deva s'éloigne de moi, lui avoue-t-il. Marié à une bigote sympathique, l'ami en question, trop heureux de pouvoir, enfin, mettre en pièces la Française, ne prend pas de gants. Ne serait-elle pas quand même un peu pute sur les bords ? Annibale l'arrête d'un geste. « Elle n'a même pas voulu de ma maison, j'étais prêt à la mettre à son nom. Ce n'est pas l'argent qu'elle cherche, non. Elle cherche à vivre avant tout. Si tu es sur son chemin, elle te prend, et puis elle te dépose. Elle est comme la mer qu'elle aime tant, qui abandonne sur le rivage un objet usagé. » Son interlocuteur ricane, lui demande s'il n'était pas plus heureux avant de la rencontrer. Il affirme que non, mais qu'à son âge être amoureux, avoir du chagrin, il n'aurait jamais pensé que ce fût possible.

Face à son ami, il fait bonne figure, mais depuis des semaines il écrit chaque jour à Deva. S'il déteste qu'une femme puisse lui échapper, une première pour lui, il ne cache ni sa souffrance ni sa rage. Mais ce qu'il ne dit pas, parce qu'il l'ignore, c'est la façon dont « Elle », comme il la nomme désormais pour la tenir à distance – fini le prénom, fini la Sauterelle, juste Elle, ou bien Elle-qui-s'appelle-Deva –, s'apprête à lui mettre en main ce que d'aucuns jugeraient, à tort, comme un marché.

Constatant à quel point sa mauvaise humeur à son égard augmente, elle attaque par surprise.

« Annibale, vous avez dit qu'il fallait laisser passer un peu de temps et que nous redeviendrions bons amis. D'accord ! Mais vous ne croyez pas qu'il y aurait quelque chose de moins banal à tenter ?

— Comment passer une journée, une nuit, sans voir ta chatte ? »

« Et pourquoi pas en découvrir d'autres ? a-t-elle répliqué, saisissant la balle au bond.

— Fille, je ne te comprends pas. »

Sa colère plaintive baisse d'un ton, sans toutefois qu'il veuille trop vite montrer son intérêt. Il attend la suite, sachant que Deva, dès qu'elle sent qu'elle crochète, tire sa ligne. Elle se tient face à lui, les deux bras posés sur ses épaules. Ils se regardent. Ils se connaissent si bien.

« Fille, pourquoi m'as-tu réveillé ? continue néanmoins à se plaindre Annibale.

— Ce qui a marché avec moi marchera avec d'autres femmes. Vous n'y avez jamais pensé ?

— Les autres, ça m'est égal. Toi, je t'aime. Avant toi, tu le sais très bien, j'ai vécu de longues années sans personne à mes côtés, rétorque-t-il, têtu.

— C'est là l'erreur, l'interrompt-elle net. Tu dis toi-même que les femmes sont joueuses, alors joue. Pourquoi arrêter ?

— Tu veux que je caresse des vieilles Anglaises qui entrent chez moi sans y être invitées, non merci ! Je préfère me masturber.

— Eh bien ! Masturbe-toi, c'est toujours un bon début. »

Il lui fait remarquer qu'elle le tutoie pour la première fois. Ça l'énerve depuis peu qu'elle n'ait jamais cessé de le vouvoyer, il y voit le signe évident qu'elle ne l'a jamais aimé. Elle rit et lui a l'air plus détendu. Il écoute Deva, s'appliquant à afficher une mine dubitative. Le jour où il a rencontré cette femme, il a su que quelque chose le dépassait, la dépassait, mais aussi les soudait. Ce vieux fou possède des antennes de *cucarachas*, pense souvent Deva. Des bêtes rudement intelligentes. Tout le monde les déteste. Lui, il les aime, les cafards et tous les insectes. Il consent à mettre un produit pour les tuer uniquement quand Deva s'annonce. L'été, quand le temps devient caniculaire, ces bestioles avancent en zigzaguant pour éviter l'ennemi, comme sur un champ de bataille à découvert, et savent faire le mort à merveille. Les voit-il seulement ? Son diabète abîme ses yeux.

Le chemin des tournesols

Un pot de peinture verte, un autre de peinture jaune. Très bien, marmonne-t-il, Deva réclame du changement. Il n'a pas été long à la prendre au mot. Consciencieux, appliqué, comme toujours quand il travaille, il se met à peindre toute la terrasse dans un vert resplendissant. Il a viré toutes les fleurs, arraché les plantes qui couvrent le sol, et s'active avec son pot de peinture. Vive les artifices. N'est-ce pas au fond ce qu'elle lui a proposé ?

Eh, fille, tu veux du détournement des sentiments, eh bien regarde comment je détourne l'idée même du jardin pour en faire un artifice. Ha, ha ! Voilà, voilà. Je suis vieux, il est vrai, mais ma tête est jeunette. Et tu le sais.

Deva en reste stupéfaite, vaguement mal à l'aise. Du vert, il a fait surgir des tournesols, et des souris grises complotent sous les pétales. Ce geste théâtral ne s'adressait pas qu'à elle. Il redéfinissait sa position. Envers lui-même. Envers le village. D'instinct, il a posé un acte, puis, avec sa capacité habituelle à passer à autre chose, il s'en est désintéressé. Mais se tient prêt à en découdre, s'il le faut.

Est-il beau, ce jardin ? Là n'est pas la question. S'il s'agit d'inventer un chemin d'accueil pour futures visiteuses, pareil aux plantes carnivores qui se referment sur leurs proies, c'est réussi. Car comment ne pas être stoppé net par le spectacle, le commenter, prendre des photos et essayer à tout prix de pénétrer dans la maison ? Annibale est un chasseur sans armes. En créant ce jardin pour grands et petits enfants, il cache sa force mentale, fabrique un leurre pour séduire et faire rire. Puis, il attend la suite.

De quelle provocation cette œuvre est-elle le prélude ? Va-t-il passer à l'action et lui raconter ses aventures ? Ou les lui taire ? Ou bien, semblable au vieux sultan prêt à tout pour tenir en haleine quelque temps encore l'attention de sa favorite, inventera-t-il de toutes pièces des idylles tumultueuses ?

Peu importe, Deva veut qu'il continue à être heureux. Elle a lu que les vieux devraient mourir d'amour. Qu'il se sente entouré d'amour, c'est tout ce qu'elle souhaite.

Mourir, on verra plus tard. Deva reste à ses côtés. Il est une œuvre d'art vivante. Lui, sa maison, ses formules ronflantes, ses jongleries linguistiques, ses jeux de mots de môme insolent. Il s'est inséré dans sa vie. Léger et redoutablement costaud. En même temps qu'elle espace leurs jeux sexuels, il commence un curieux manège qui consiste à se montrer désagréable avec elle en présence d'un tiers. Quand il dépasse les bornes, la mesure n'étant pas sa qualité première, elle le bloque en tête à tête pour lui assener deux, trois mots bien sentis. Pan ! Dans les dents. « Il n'est pas question que quiconque puisse imaginer une seule seconde que je t'aime toujours », finit-il par avouer. C'est bien la première fois qu'il est préoccupé par le regard des autres. Elle est touchée par sa franchise brutale, ses aveux nigauds. Pourvu qu'il reste enjoué ! À défaut d'être aimable avec elle.

Ah ! Annibale, son si mal-aimé.

Ce qui tout à la fois la touche et la captive dans ces épisodes de vie avec lui, c'est d'aborder cet inconnu de la vieillesse qui l'attend, tôt ou tard. C'est aussi partager en sa compagnie sa maison illuminée jour et nuit dans le but de tenir éloignées les terreurs enfantines du vieil homme. C'est encore s'enivrer sur la terrasse d'une première respiration face à la mer qui dégage son plexus, désintoxique ses poumons. À Mineras, elle sent sa cage thoracique qui pousse sur ses côtes. Suroxygéné, le sang pétille dans les veines, cavale dans les artères et excite l'envie de tout.

Un jour, un cri lui échappe. Elle le trouve accroché tout en haut d'une échelle double, en train de réparer tranquillement une imposte du patio. « Mais, fille, comment crois-tu que je me débrouille quand tu n'es pas là ? Tu sais bien que l'homme est fait pour grimper. Petit, je montais dans les arbres jusqu'à la cime, jamais je ne suis tombé. Rappelle-toi toujours le primate qui vit en toi, grimper est inscrit dans nos gènes, nos mains sont faites pour s'accrocher, non ? »

Que lui répondre ? À quelles branches s'accrocheraient ses mains puissantes si jamais l'échelle basculait ? Deva chasse l'image d'Annibale cassé en mille morceaux sur le sol et finit par accepter qu'il se prenne pour un voltigeur. Il a une telle confiance en son équilibre.

Il ne peut pas être vieux puisqu'il fait tout ce que les vieux s'interdisent. En prime, elle comprend la leçon aux allures de métaphore. Il faut en effet s'accrocher pour ne rien abandonner de la vie. Et s'accrocher jusqu'au bout.

Une première visiteuse attrapée

Annibale, en peignant le jardin aux tournesols à même le sol de la terrasse, n'avait peut-être pas prévu de tels attroupements. Chacun passe, s'arrête, sort l'appareil, mitraille. Ils sont nombreux à rire. Des discussions s'engagent. Au point qu'un employé de la mairie est venu rôder et demander des explications. Sur son territoire, Annibale a envoyé paître le fonctionnaire. Quand il entreprend un fond sous-marin avec poissons multicolores géants sur la terrasse de Chimène, sa nouvelle voisine, le maire en personne se déplace. Il craint la contagion d'un front de mer qui se transformerait en une œuvre d'art sauvage qu'il ne peut tolérer. Annibale est aux anges. En bisbille permanente avec l'élu depuis que ce dernier a autorisé des constructions sans queue ni tête qui grimpent à l'assaut de la montagne et la défigurent. Après la crise économique qui éclata en 2008, il fallait voir toutes les grues à l'arrêt, énormes monstres mécaniques qui étendaient sur la montagne l'ombre de leurs bras désormais paralysés pendant de longs mois, imposant au village le spectacle anxiogène de tant de constructions inachevées, de tant de faillites ! De nombreux habitants, ayant voulu eux aussi obtenir leur part des revenus immobiliers et touristiques, se trouvèrent brutalement surendettés auprès de banques qui leur avaient prêté à tour de bras. Les familles se resserrèrent sur elles-mêmes, la solidarité entre les générations, une caractéristique de ce pays, atténua le choc, violent, qui piétinait l'espoir. Le village prit peur.

Annibale tient le maire en peu d'estime. Mais ce qu'il lui reproche surtout est de se revendiquer peintre. Il dénigre ses toiles abstraites hyper-colorées, imitations fadasses du célèbre artiste majorquin Miquel Barceló. Une solide inimitié qui le pousse à refuser de se rendre avec elle dans le meilleur restaurant du village pour déguster un mérou à l'orange dont elle se régale, tout simplement parce que le propriétaire y expose deux œuvres du maire.

« Elles me coupent l'appétit », s'entête-t-il, l'air dégoûté.

Le jardin aux tournesols précéda de peu une profonde réorganisation de la maison. Avec beaucoup d'ordre, il met tout sens dessus dessous et commence à changer de place ses nombreuses collections d'objets. Méthodique, il arrive au bout de sa tâche. Puis s'attaque à la présentation de ses photos de famille. Dès l'entrée, à côté d'une tortue et d'un lézard arrimés à une cloison en fer forgé, il dispose deux photos de Deva, une silhouette en contre-jour, un portrait. De face, elle fixe l'objectif avec l'air d'une fille qui va faire des bêtises. À tout casser, elle a vingt-deux ans. Des visiteurs le questionnent. À chaque fois, à demi-mot, il laisse entendre que cette femme est dans sa vie, précisant à peine qu'elle a quelques années de plus ! Il s'aperçoit alors que certaines visiteuses le regardent avec d'autres yeux. L'une d'elles, qui habite sur la côte, vers Alicante, prend l'habitude de venir déjeuner. Divorcée et seule depuis quelques mois, elle recherche des admirateurs pour partager l'enchantement que lui procurent des seins raffermis depuis peu par des prothèses. Annibale, qui n'a jamais vu une poitrine remodelée, se montre épaté par l'art du chirurgien, si proche de celui d'un sculpteur. Au cours de leurs conversations, un rituel s'est instauré, elle dévoile sa poitrine sans pour autant arrêter de s'adresser à lui, puis elle s'allonge, ses seins dressés à la manière d'invincibles tours de guet. À sa demande, il arrive que sa visiteuse prenne des poses. La poitrine reste de marbre. Il ne la touche pas.

Deva a sans doute raison, songe-t-il, il existe souvent entre les humains un espace pour une situation furtive qui effleure les sens et les tient en alerte. Sans autre calcul que le partage érotique d'un instant. Ici, une femme désireuse d'exposer sa fierté à un homme invité à regarder.

Du coup, il se passionne pour la chirurgie esthétique et note de demander à Azucena ce qu'elle en pense. Eh oui ! La jeune femme ne s'est toujours pas résolue à quitter Mineras. Il l'a croisée au village. Elle vient de couper ses cheveux. Grande, elle se tient facilement déhanchée, et cette nouvelle tête lui donne l'air d'une fille-garçon bouclée, si séduisante. Celle qu'il surnommait parfois « Pattes-de-héron » possède cette qualité essentielle pour lui : des jambes longues. Qui par leur taille même semblent se plier et se déplier avec plus de lascivité.

Pour tout compliment devant la nouvelle allure d'Azucena, il s'est fendu d'un « presque belle » prononcé du bout des lèvres, agacé de ne pas comprendre l'origine de tant de changements auxquels il n'est pourtant pas étranger. Car, enfin, la jeune femme avance dans ses projets. À l'école du vieil Italien, à peu près chaque jour à l'observer dans ses incessantes activités, à l'entendre varier ses histoires selon son auditoire, à le questionner sans cesse et à rire avec lui de sa sagesse farfelue, elle a acquis la conviction qu'elle aussi pouvait choisir sa vie. À condition d'en avoir le courage.

Sa présence manque-t-elle à Annibale ? Deva s'interroge sur sa relation avec Azucena. Il y a tant de manières d'entretenir des liens à connotation charnelle. Lui arrive-t-il de regretter son étourderie de jeune femme indécise ? Les commérages croustillants de sa mère, qu'elle lui rapportait avec tant de détails et qui maintenaient son lien avec le village ? Aussi, il n'est plus son confident.

Une nouvelle œuvre dans la maison

Au lever du jour, Annibale a couru dans son atelier. Quand Deva se réveille, elle le trouve en pleine action. Il lui dit tout de go ce qu'il projette. Sans plus de précisions, il lui fait part de son envie soudaine de sculpter un très beau membre viril – qui pourrait à l'occasion s'ajuster en harnais. Elle lui dit que dans n'importe quel sex-shop il devrait y avoir un objet qui ferait l'affaire. Mais non, elle n'a rien compris, il a bien dit qu'il avait l'intention de réaliser une sculpture qu'il exposerait comme une réponse à la fontaine de la femme qui pisse. Deva ne commente pas, pressée d'aller se baigner. Le soleil se lève. Elle nage dans le premier rayon, là où l'eau est déjà tiède. Elle a une théorie sur le premier rayon. C'est lui qui, conjugué à la mer dans laquelle il se reflète, contient tout ce dont l'organisme humain a besoin, hyperconcentration nourrissante de la lumière qui bientôt éclaboussera la mer tout entière. C'est pour lui qu'elle se lève tôt, pour l'honorer et s'y plonger dès qu'il apparaît.

Annibale a-t-il rencontré une femme inspirante ? s'interroge-t-elle en faisant la planche sans bouger. Elle observe la montagne violette, en devine les moindres aspérités, discerne même la trace ancienne du chemin de côte qu'empruntaient les chevriers et leurs troupeaux. Combien de temps résisteront les nouveaux immeubles construits à l'abrupt du cap que chapeaute une tour du XVIe siècle ? Quelles sortes de fondations ont été nécessaires pour amarrer à son flanc cette dégoulinade d'habitations où se mêlent aux dômes de l'arabo-andalou les balustrades en Plexiglas coloré des années 1970 ? C'est si pentu qu'il a fallu à certains endroits construire des escaliers, voire des ascenseurs extérieurs, pour accéder aux immeubles.

Bien que Deva ne puisse se rendre à Mineras aussi souvent qu'elle le voudrait, elle entend au téléphone combien la voix d'Annibale est enjouée, malgré le froid et le vent de l'hiver, les vagues assourdissantes qui défoncent la plage et la laissent dévastée, la nuit qui tombe d'un coup et qu'il craint tant. C'est le bruissement sexuel que son oreille fine perçoit, il est là, il s'est faufilé dans la maison, et plus seulement quand elle y séjourne. Elle l'a voulu ainsi mais ne sait quoi en penser.

Désormais moins en colère contre elle, il a même récupéré une sorte d'espièglerie. Dans un recoin du patio, une œuvre nouvelle attend Deva. Sous un globe transparent et dans une lumière très élaborée, Annibale a arrangé en une sorte de plantation des objets plutôt coniques, mais pas tout à fait. Chacun porte une étiquette avec nom et prénom. Des identités cosmopolites, probablement inventées.

S'agit-il du pendant à la femme-fontaine qu'il s'était proposé de créer après la visite de son amie de Malaga ? Certes, les objets se dressent, mais pas du tout d'une manière phallique. Normal, il a complètement révisé son projet. Comme souvent dans son travail, le féminin l'a emporté d'une bien curieuse façon. Il a sculpté sept sexes de femmes vus de l'intérieur. Aucune de ces œuvres ne ressemble à l'idée qu'on peut se faire d'une planche gynécologique, mais chacune est plausible.

Et toutes, de tailles différentes. Il y a dans l'érection de cette forme répétée, plus ou moins tubulaire, une surprenante force cachée. Et sous n'importe quel angle : de la délicatesse.

Une inconnue danse pour Annibale

Déterminée et en trois enjambées, une jeune femme, presque une jeune fille, a emprunté le chemin des tournesols et franchi le seuil de la maison magique avec l'intrépidité de ses dix-neuf ans. Annibale ne l'a pas chassée. Elle ne doute de rien, elle n'a peur de rien. Il reconnaît en elle le jeune garçon qu'il fut, une même ivresse de vie. Elle dit qu'elle est danseuse, c'est peut-être vrai ; hongroise et baronne, pourquoi pas. Cette fille ne marche pas, elle cabriole, traverse l'espace du patio avec des sauts de biche, des pirouettes. Il lui fait visiter la maison. Il va de soi qu'elle va rester dormir. Elle restera cinq jours, pas un de plus, cinq jours à mener son petit théâtre dansé. Quand il se réveille de sa sieste, c'est le moment qu'elle a choisi. Elle se tient au bord du lit, enveloppée dans ses très longs cheveux blonds aux extrémités teintes en rose cendré, elle l'enjambe, le chevauche, lui dévoile sa nudité, se dégage d'un ciseau enlevé, revient, frôle sa bouche. Puis, attrapant deux éventails qui voyagent dans son sac à dos, elle termine par une déambulation entre geisha et flamenco, imite les petits pas des socques et la furia du *zapateado*. Annibale en reste interdit.

Elle s'appelle Floriane et elle danse l'amour qu'il lui inspire. Le courage têtu du vieil homme la touche. Elle danse la vie, la mort. Elle danse ce qu'il est. Sans grandiloquence aucune.

Il ne la voit qu'au moment de la sieste. Après sa danse, ils boivent un chocolat qu'elle prépare et parlent une petite heure. C'est court mais irremplaçable. Elle disparaît des journées entières, et même la nuit. Sur de grandes feuilles de papier, il tente de noter sa danse des éventails et ses variations, se rappelant un livre que Deva lui avait montré sur les différentes manières d'écrire les mouvements telles qu'elles se sont inventées depuis Louis XIV, le roi dansant. Après trois ans passés en Espagne, Floriane doit rentrer à Budapest. Elle a voulu un dernier voyage, se créer d'ultimes souvenirs. Annibale sera son plus baroque, c'est cela qu'elle lui chuchote avant de le quitter, une jambe enroulée tout autour de lui, ajoutant combien il restera dans son cœur, lui, sa maison, sa folie et toute cette douceur partagée avec lui.

Petites-filles de Colette, l'écrivaine

Annibale parle peu de ses aventures réelles ou imaginaires avec d'autres femmes. Ou bien alors par allusions seulement. Deva est venue le surprendre pour Pâques, fête religieuse au cours de laquelle les villageois en costumes rejouent sur la plage le débarquement des Maures et la lutte victorieuse des chrétiens. Puis défilent tous ensemble tout autour du centre de Mineras au son d'une fanfare à faire trembler les morts. Et finissent par se réunir devant l'église, où une messe chantée par les plus belles voix locales mettra un point d'orgue aux célébrations.

À peine a-t-elle posé sa valise qu'elle remarque l'air emberlificoté qu'il voudrait lui dissimuler. Il ne tarde pas à lui montrer une carte de visite avec des armoiries imprimées en filigrane et l'invite à lire les quelques mots écrits à l'encre magenta : « Cher Nini, J'y suis allée, incroyable endroit, mon frère est furieux. Flo. » C'est bref, incisif et un peu sale gosse : Deva aime bien. Il entreprend de lui raconter Floriane, son idée de se rendre dans un club très secret de Budapest qu'elle évoque dans sa brève missive. Elle le surnomme « Nini » et lui a simplifié son prénom de Floriane en « Flo ». Nini et Flo, c'est trop drôle, ça sonne comme dans un roman de Colette. Ah ! Colette, incomparable quand elle parle des jeunes femmes, elle qui épousa à vingt ans le vieux Willy, chauve, déjà bedonnant, et queutard impénitent. Au lieu de poser des questions à Annibale, elle part chercher dans sa chambre *Mes apprentissages* et commence à lire à haute voix.

« Parmi les courages hors de raison, la bravoure des jeunes filles est insigne. Mais sans elle, on verrait moins de mariages. On verrait encore moins de ces fugues qui oublient tout même le mariage. » Annibale écoute avec attention. Pense-t-il à Milena ? À Lucia ? Et peut-être à Flo, maintenant ?

Deva continue. « Résignons-nous à dire que si mainte jeune fille met sa main dans la patte velue, tend sa bouche vers la convulsion gloutonne d'une bouche exaspérée, et regarde sereine sur le mur l'énorme ombre masculine d'un inconnu, c'est que la curiosité sensuelle lui chuchote des conseils puissants. En peu d'heures, un homme sans scrupule fait, d'une fille ignorante, un prodige de libertinage, qui ne compte avec aucun dégoût. Le dégoût n'a jamais été un obstacle. Il vient plus tard, comme l'honnêteté. J'écrivis autrefois : "La dignité est un défaut d'homme." J'aurais mieux fait d'écrire que "le dégoût n'est pas une délicatesse féminine". »

« Tu sais, fille, je n'ai jamais été sans scrupule, l'interrompt Annibale. Et en rien un libertin. Peut-être est-ce pour cela que ça n'a pas vraiment marché avec mes femmes. Colette, c'est si français comme littérature. Mais ce qu'elle écrit est vrai : les jeunes filles sont prêtes à tout. »

Colette n'exprime pas autre chose : « Le corrupteur n'a même pas à y mettre le prix, sa proie piaffante ne craint rien, pour commencer. Même elle s'étonne souvent : "Et que fait-on encore ? Est-ce là tout ? Recommence-t-on au moins ?" » Deva garde pour elle ses autres notes, toutes du même acabit, et toutes cruelles. Elle ne résiste pas à lire quelques lignes supplémentaires : « Comprendra-t-on que d'échanger mon sort de villageoise contre une vie que je menai à dater de 1894 est une aventure telle qu'elle suffit à désespérer une enfant de vingt ans, si elle ne l'enivre pas ? La jeunesse et l'ignorance aidant, j'avais bien commencé par la griserie – une coupable griserie, un affreux et impur élan d'adolescence. Elles sont nombreuses, les filles à peine nubiles qui rêvent d'être le spectacle, le jouet, le chef-d'œuvre libertin d'un homme mûr. C'est une laide envie qu'elles expient en la contentant, une envie qui va de pair avec les névroses de la puberté, l'habitude de grignoter la craie et le charbon, de boire l'eau dentifrice, de lire des livres sales et de s'enfoncer des épingles dans la paume des mains. »

Après la lecture de Colette, Deva retourne dans sa chambre. Sur le rebord d'une fenêtre, à moitié dissimulée par un court rideau, une trousse de satin violet oubliée. À l'intérieur une petite pompe pour aspirer le clitoris et le faire gonfler exagérément. « Plus d'une corde à sa panoplie, la jeune Floriane », apprécie Deva qui, en secouant la trousse, fait tomber une pluie de pinces minuscules.

Elle se remémore cette période très brève de sa vie – elle apprend vite – où des hommes plus âgés voulaient lui faire découvrir le nec plus ultra des lieux mythiques, ritualisés, qui à Paris pullulent. Hommes qui aiment contempler leur femme ou compagne prise par plusieurs autres, fantasmes d'abattage pour certaines, besoin d'inconnu, abondance et jouissance pour tous, transes des orgasmes rapprochés. Elle se rappelait une femme qui avait le double de son âge – Deva avait alors vingt-trois ans – pleurant dans le lieu réservé au rajustement des vêtements et des maquillages. Curieuse de tout, elle l'interroge. L'inconnue lui répond qu'elle déteste l'endroit, qu'elle s'y est rendue dans le seul but de plaire à son amant. Colette a raison quand elle parle de la curiosité insondable de certaines jeunes femmes qui les fait échapper à toute emprise masculine. La trentaine passée, l'attrait de ces lieux peut rester vif, mais il est déjà bien tard pour y céder avec un partenaire attitré, à plus forte raison avec un mari, sans courir à la rupture. Il faut expérimenter tout très tôt, libre de toute attache. Une certitude pour Deva. Même un compagnon de route lui aurait paru inopportun.

Quand Annibale évoque sa curiosité, il ajoute, autre expression piémontaise, qu'elle irait même jusqu'à regarder dans *il culo* d'une fourmi ! Et curieuse, Deva l'est infiniment mais n'oublie pas de se poser la question de ce qui est bon pour elle. Qu'il existe un au-delà du sexe qui shoote aussi fort qu'une drogue, qui est aussi un savoir qui vous rejette dans la vie, régénéré, quasi amnésique. Toujours guidée par sa crainte de la monomanie qui devient routine, et vite ennui, Deva sent assez rapidement qu'elle a plus ou moins fait le tour de la question. En retire une conclusion qui va modeler sa vie : elle ne sera pas la championne d'une relation à vivre au quotidien. Avec un corollaire : la nécessité d'expérimenter. Et une constante : l'onanisme, ce plaisir à la portée de toutes les bourses. Sans oublier la visite des sex-shops à pratiquer comme on se rend dans les expositions d'art, car il y a toujours quelques nouveautés, quelques idées à glaner pour les partager avec les amoureux, les amoureuses ou avec les beaux et les belles qui ne font que passer.

Floriane possède ce caractère volatil et dramatique assez proche de celui de Deva au même âge. Un besoin d'explorer son propre chemin sans devoir obéissance à personne. Sans se soucier de la morale de ce qui se fait ou pas. Exploration dont la limite est celle qu'on ne se fixe pas.

Le frère de Floriane est furieux, c'est lui qui a parlé devant sa jeune sœur de ce lieu équipé pour répondre à toutes les imaginations. Et Annibale, lui, joue au petit malheureux. Il a besoin de se confier, de raconter le fonctionnement du club de Budapest, où une sorte de cérémonie codifiée à l'extrême s'organisait autour de la demande d'une personne, femme ou homme.

Après la sieste, à l'heure du chocolat, Floriane avait eu le temps de lui détailler le programme qu'elle souhaitait réaliser. Il n'avait pas cru une seconde qu'elle l'exécuterait. À tort.

Encore lui, Hemingway

Floriane. Un prénom et une histoire qui ne sont pas sans rappeler à Deva le dernier amour de Hemingway, avec Adriana Ivancich. Âgée de dix-neuf ans, comtesse, elle fait la connaissance de l'écrivain en 1948. Quel âge a-t-il ? Toujours marié à Mary Welsh, il vient d'avoir quarante-neuf ans. Il boit, il est diabétique et déprime gravement. Adriana, c'est l'injection d'adrénaline direct dans les neurones. La jeune femme se vante, à juste titre, d'avoir remis le romancier au travail, écrivant qu'elle a « *uncorked the bottle* ». En quelque sorte, elle a débouché la bouteille de celui qui boit comme un trou. Deva note l'aristocratique trivialité de la métaphore, qui figure dans la traduction anglaise des Mémoires de la jeune femme, intitulés *La Torre Bianca*. Du nom de la tour jouxtant la propriété cubaine de Hemingway, où elle résida quand elle vint lui rendre visite, en 1950, chaperonnée par sa mère.

Qu'elle ait débloqué le frein qui entravait la création du maître, sans doute, et pas besoin d'être grand psychologue pour imaginer des relations à connotations sexuelles, même avec une virilité qui défaille. D'autant que leur liaison dure jusqu'en 1955, année au cours de laquelle la jeune comtesse fête ses vingt-six ans. Toujours dans ses Mémoires, elle insiste sur son rôle de muse, proclame en effet qu'elle est bien celle qui a inspiré la Renata d'*Au-delà du fleuve et sous les arbres*, et revient sur le caractère décisif de sa présence auprès de l'écrivain pendant l'élaboration du *Vieil Homme et la Mer*, récompensé du prix Pulitzer en 1953, une année avant de recevoir le Nobel de littérature.

Adriana, merveilleuse tête de camée et jambes à n'en plus finir, peut triompher, elle a fourni un excellent boulot.

Sept ans plus tard, le 2 juillet 1961, Hemingway se suicide, juste avant ses soixante-deux ans. Sa femme plaidera, contre toute évidence, la thèse de l'accident pendant qu'il nettoyait ses fusils de chasse. Le coup qui part sans prévenir. En plein dans la tête.

Aurait-il dû rester avec Adriana ?

Hemingway l'a écrit : « À la croisée des chemins, il n'y a pas de signalisations. »

Deva, à peu près certaine qu'en cas d'hésitation mieux vaut préférer l'inconnu et le mouvement à ce que l'on connaît par cœur, exprime ainsi un point de vue plus dynamique qu'optimiste, à l'inverse de la sagesse populaire jurant un peu vite qu'« un tiens vaut mieux que deux tu l'auras ». La routine, l'ennemi caché de tous. Après l'Europe, Key West, Cuba, Hemingway ne se doutait-il pas, en revenant sur ses pas pour vivre dans l'Amérique profonde, préférant à son Illinois natal l'Idaho et la ville de Ketchum, qu'il rejoindrait un jour la liste des suicidés de sa famille ? Son père bien-aimé. Un frère, une sœur.

Mary Welsh sera bien la veuve d'« Hem ». Elle lui survivra vingt-cinq ans ; elle meurt à l'automne 1986, à New York.

« Il faut se méfier des hommes qui ont du courage parce qu'ils peuvent se suicider », écrit Philippe Sollers dans sa nécrologie du romancier. Se méfier des femmes aussi : le 24 mars 1983, Adriana Ivancich se pend à un arbre dans sa propriété toscane. « Seules les femmes inflexibles valent », aurait dit Hemingway. Il en a rencontré quelques-unes, semble-t-il. Martha Gellhorn, la troisième épouse, inflexible parmi les inflexibles, se suicide elle aussi en 1998 en absorbant du cyanure pour ne pas avoir à subir la déchéance d'une vieillesse accablée par la maladie. Cette mort clôt l'épopée de l'écrivain américain avec les femmes.

Tiens, étrange ! se dit Deva, apprenant au hasard de ses recherches le mariage de Martha Gellhorn, en 1933, avec Bertrand de Jouvenel, beau-fils de Colette, devenu à dix-sept ans l'amant de l'écrivaine. Elle avait quarante-sept ans et vivait alors séparée du père, Henry de Jouvenel.

Deva ne peut s'empêcher de penser aux ressemblances entre Adriana et Floriane. À ces destins qui s'attirent, que les protagonistes soient célèbres ou pas, riches ou pas. À ces jeunes filles qui ont la vie devant elles. À ces hommes vieux qui ne l'ont plus. N'ayant rien à perdre ni les uns ni les autres, bien des raisons communes d'être audacieux ensemble les unissent.

Une lettre d'Azucena

Deva voudrait-elle vivre à Mineras ? Si elle évoque le sujet, Annibale ne la croit plus. À Paris, alors qu'elle rentrait de voyage, elle a eu une alerte en regardant par la fenêtre de sa cuisine des voisins qui dînaient en famille. Elle ne comprit pas tout de suite ce qu'elle voyait. Trou noir. Temps d'arrêt. Table de salle à manger, parents, deux enfants et la télévision allumée. Déstabilisée de se sentir à ce point décalée de la réalité quotidienne des autres, jetlaguée, rien dans le frigidaire, elle décida sur-le-champ de prendre dès le lendemain le premier avion pour Mineras.

À peine installée, mais déjà reposée, une lettre arrive. Annibale la parcourt sans réaction, puis demande à Deva si elle veut en prendre connaissance. Elle commence à lire.

Cher Annibale,

Si je ne t'avais pas connu, je ne serais pas partie. Si je n'avais pas vu Deva vivre entre deux avions, je ne serais pas partie. Si je n'avais pas observé la liberté qu'il y avait entre vous deux, je serais restée, tranquille, dans ma merveilleuse niche de Mineras. J'aime tant nager. Mais je suis partie. Je suis partie pour Mexico avec Diego, en quelque sorte l'associé du galeriste de Madrid dont tu te méfiais tant.

Diego est riche. Avant moi, il a vécu avec une héritière. Pourquoi moi maintenant, petite artiste inconnue, sortie de nulle part et fauchée ? On verra, comme tu dis souvent.

Je ne crois pas que je vais continuer à faire l'artiste. Non, ne crie pas. Je ne sais rien de l'avenir. Je suis avec un homme, encore jeune, qui a beaucoup d'argent et je trouve cette situation, soudain, très, très reposante.

Tu as été, tu es, celui qui m'a donné du courage, tu m'as secouée, parlé parfois avec dureté, mais jamais avec le ton de celui qui juge. Tu me poussais seulement à entreprendre ce que je voulais, m'offrant une vision luxueuse de la vie que ni mon père ni ma mère ne pouvaient me transmettre, toujours accaparés qu'ils étaient par des boulots temporaires si mal payés. J'ai voulu rompre avec leurs galères. Je ne voulais pas avoir de l'argent, je voulais être riche.

« Fille, tu décides et tu fais. » Tu m'as élevée avec cette phrase. Toi, l'argent, tu as décidé de lui préférer le troc. Même pour Deva, il n'est pas un moteur essentiel. Pour moi, c'est si nouveau : avoir du cash.

Tu sais que j'ai du mal avec les mots, mais je t'aime beaucoup, mon bien cher Annibale. Merci à toi. Personne ne peut rivaliser avec toi. Pas même Diego. Oh, oh ! Je n'aurais pas dû écrire cette dernière phrase, tant pis, c'est fait. Tu n'aimes ni les ratures ni les remords, je sais, je sais.

Azucena, ta « presque » belle.

Deva est sur le point de dire qu'elle trouve cette lettre « presque amoureuse », mais s'en abstient quand elle surprend le visage éteint d'Annibale. Assez fine mouche quand elle le décide, elle pressent quelque motif à cette tristesse. Après le mot de Floriane, la lettre d'Azucena. La jeunesse vient-elle de déserter la vie du vieil homme ? Stop aux idées noires, se dit Deva à voix basse. Le vieil homme n'est pas mort. Il est triste, c'est tout. Il compte sur elle pour le tenir éveillé. Et il a raison, car comme d'habitude elle bourdonne de projets pour la journée. Mais surtout elle lui parle, l'écoute sans se lasser, chasse son spleen sans se perdre dans de lourdes digressions psychologiques qui cassent les pieds à tout le monde sauf à ceux qui les profèrent. Plus il vieillit, plus il a besoin d'être éclairé. Deva cependant n'a plus la même certitude de connaître les mots qui le tiennent debout. Et heureux.

Omar Sharif accueilli en héros à Mineras

Les grands films ont plusieurs vies. En 2012, *Lawrence d'Arabie* rencontre le digital. Une édition Blu-Ray doit sortir pour célébrer l'anniversaire de son cinquantenaire. Omar Sharif, maintenant âgé de quatre-vingts ans et seul survivant, est convié sur tous les plateaux de télévision. Pour lui, c'est le film d'une vie, l'œuvre qui colle à son identité d'acteur. Il est Chérif Ali, le chef des Arabes qui, avec l'aide de T. E. Lawrence, a vaincu les Turcs. Son bonheur à vivre s'entend dans sa voix, illumine son sourire d'homme. Interviewé à la Cinémathèque française, à Paris, il le réaffirme et le répète : « J'ai été heureux toute ma vie depuis que je suis né… sauf avec les femmes… un désastre », ajoute-t-il en riant, sachant mieux que quiconque quel charmeur il est encore. Cheveux presque blancs, barbe de trois jours, impeccable dans son col roulé noir porté sous un costume dont la coupe parfaite et la qualité du tissu se remarquent même à l'écran. Le jeu, le bridge, les courses de chevaux, c'est un prince, un seigneur. Avec *Lawrence d'Arabie*, ce fils d'un marchand de bois précieux d'Alexandrie a conquis sa liberté. Les femmes raffolent de ses manières exquises. Ancienne Miss Égypte, Dalida succombe la première, puis dans l'ordre et le désordre Ingrid Bergman, Annette Stroyberg, Barbra Streisand, Anouk Aimée, qui finira par lui préférer l'acteur Albert Finney. Et Andréa Ferréol en dernière amoureuse. David Lean souligne dans ses Mémoires comme un fait remarquable combien la beauté de l'acteur provoquait la jalousie des hommes.

Omar est chrétien. Il s'est converti à l'islam pour se marier avec la belle Faten Hamama. Ils divorceront en 1968 après la naissance de leur fils, l'un et l'autre trop intelligents pour simuler la comédie du mariage. Sharif restera célibataire, ce en quoi il diffère de David Lean mais aussi d'Annibale. Ces deux-là appartenant au genre d'hommes que le mariage excite parce qu'il les désespère.

La même année que le cinquantenaire du film, Mineras fête avec faste son bicentenaire. C'est lui, Omar Sharif, qui est honoré et invité à donner le coup d'envoi des manifestations. Accueilli telle une mascotte, cet homme qui n'a pas hérité par hasard des dents du bonheur est ovationné par la foule sur la place du château, à l'endroit même où à la tête de ses hommes il s'empara d'Aqaba. Pendant que la fanfare enchaîne les leitmotivs musicaux si populaires du film, il salue avec des gestes de prélat. Cinquante ans ont passé. Le village, reconnaissant, montre ainsi ce qu'il doit au film.

En janvier 2014, alors que Peter O'Toole est mort le mois précédent, pressé de questions par le présentateur d'une chaîne de la télévision irlandaise, Omar Sharif fait revivre avec élégance le talent du disparu et se souvient, ému, de cette année de tournage qui les a réunis sous la tente, totalement privés de femmes – « Tandis que le Capitaine, alors lui, en revanche… » Il parle bien sûr de David Lean, le *relentless womanizer*. L'implacable homme à femmes.

Omar Sharif meurt le 10 juillet 2015, au Caire.

Annibale encerclé

Deva reste longtemps sans pouvoir revenir à Mineras. Annibale boude. Malgré tout, elle et lui continuent à s'appeler presque chaque jour. Au bout du monde, elle lui fait entendre des langues qu'ils ne connaissent ni l'un ni l'autre, le fracas de la rue à Ahmedabad, les appels des camelots du marché de nuit de Séoul. Quand elle finit par arriver chez lui, c'est l'été, et il y a toutes sortes de gens. Certes, il dispose comme il l'entend de sa maison, mais quand elle est là ils se sont mis d'accord pour qu'elle y vive seule avec lui, l'ouvrant à d'autres uniquement selon leur bon vouloir.

Elle le sent empatouillé dans des micmacs qu'il n'a pas su refuser. Sa maison est envahie. Deva y est accueillie comme l'intruse qu'on n'attendait plus mais à laquelle il convient de sourire.

Elle a déjà compris qu'il est pressé qu'elle se charge de ce qu'ils nomment le « sale boulot ». Ce n'est pas la première fois. C'est à elle qu'il revient de mettre les parasites dehors, avec ou sans les formes. Les plus malins se sont déjà esquivés. Tiens, constate-t-elle, il y a de nouveau celle qui se prend pour une herboriste. Déjà éjectée au tout début de sa relation avec Annibale, c'est une récidiviste. Romaine, très jolie fille, l'air de planer mais persuadée que tout lui est dû, elle court la montagne à la recherche de ses précieuses plantes. Il y a également une nouvelle, une Argentine qui serait en attente d'un contrat de garde à domicile, et par conséquent d'un certificat de domiciliation chez Annibale. Beaucoup de charme, un air de biche qui chercherait un faon qu'elle n'a jamais eu, ô combien plus dangereuse que l'herboriste.

La présence des deux jeunes femmes qui agissent en terrain conquis succède à différents autres incidents. L'épisode de Maria, étudiante aux Beaux-Arts de Madrid, elle aussi souvent fourrée chez Annibale quand Deva n'y est pas. Au prétexte de faire estimer une collection de timbres par son père, soi-disant expert philatéliste, elle avait rapporté l'album qui lui avait été confié avec des pages découpées et s'était éclipsée avant même la découverte du vol pour ne plus jamais revenir. Des outils fauchés dans l'atelier, des livres de valeur dérobés.

Quand l'apprentie herboriste informe Deva que son petit ami est en route pour la rejoindre, cette dernière n'hésite pas. Elle exige la présence d'Annibale, qui prend son air de n'y être pour rien, et donne aux deux femmes vingt-quatre heures pour faire leurs bagages. Elles se rebiffent, tempêtent. La Sud-Américaine, comprenant que Deva ne cédera pas, l'insulte, « salopeconnassesalefrançaise », et s'époumone dans des malédictions où elle convoque la Vierge et tous les saints.

Incorrigible adepte des solutions bancales, Annibale va jusqu'à leur proposer un appartement dont il a la clé. D'une même voix, elles refusent. Trop éloigné du centre. Et elles se déplacent comment ? En auto-stop ? Sur les mains ? Un tel culot accentue le vif plaisir que prend Deva à accomplir sa besogne. Avec un grand sourire qu'elle ne dissimule pas. Allez, ouste ! les filles, dehors. Fini le squatt.

Quant à Annibale, délivré encore une fois d'une situation qu'il ne maîtrisait plus, il chante de nouveau à tue-tête des airs d'opéra dès le saut du lit. Obligée d'admettre qu'il est un homme convoité, désiré, mais surtout repéré, Deva se souvient de l'attitude de certains habitants de Mineras quand ils l'ont vue arriver, notamment les membres de la bande de l'avenue de la Mer, prompts à marmonner quand elle passait devant eux, chœur médisant de la cité qui l'avait jugée sans la connaître. Avec les années, ils ont baissé la garde mais restent venimeux, aux aguets. Ils attendent encore, devant le va-et-vient des unes et des autres, celle qui possédera l'Italien, s'appropriant la maison du bord de mer.

Et pourtant, même encerclé, ne sachant plus que bougonner, Annibale ne ressemble en rien au vieillard dupé tel qu'il est dépeint dans la littérature et au cinéma. Aucune chance pour la Lola du film *L'Ange bleu*, de Josef von Sternberg, dans lequel explose la débutante Marlene Dietrich, et pas davantage pour la Lolita de Nabokov, qu'incarne Sue Lyon dans le film éponyme de Stanley Kubrick. Il n'est ni le professeur Rath ni Humbert Humbert. Et pas davantage le bourgeois berlinois Albinus de *Rire dans la nuit*, un récit qui préfigure *Lolita*. Paru en feuilleton, il foisonnait de rebondissements. Pour être tombé fou amoureux de la cruelle Magda, ouvreuse de cinéma qui guide au moyen de sa torche les clients dans le noir – on apprécie la légèreté de la métaphore –, le personnage va perdre la vue et accepter d'être humilié jusqu'à la mort. On entend le rire de l'écrivain qui en rajoute exprès, épisode après épisode. Pour tenir le suspense, il décline le catalogue du masochisme et des punitions. Le lecteur a envie de taper sur Albinus tellement il le trouve con, tout simplement. Sentiment bizarre.

Annibale a-t-il lu ces romans ? La mort qui se travestirait en jeune fille à peine éclose ? Clair et net, il répond en quelques mots à Deva qu'il a horreur des symboles devenus aussi fades que des clichés. Bref, ça le barbe. Fin de l'ébauche d'une discussion.

« Allez, fille, j'ai toujours été celui qui part, qui s'éclipse, lui répond-il. Dès que je m'ennuie, qu'il me faut entrer dans les simagrées sociales, je m'en vais sans faire d'histoires. Je suis resté assez bon ami avec les femmes que je quittais, sauf avec la mère de mon fils, mais tu sais pourquoi. »

Oui, Deva sait pourquoi. Au fond, il voulait un fils pour lui tout seul, pas d'une femme adultère, encore moins d'une mère de famille qui régirait sa maison. Qui interviendrait dans son mode de vie si particulier consistant à investir tout l'espace, à se nourrir quand il a faim, à dormir quelle que soit l'heure. Quand il écoute de la musique, c'est à fond, et toutes les pièces qu'il a sonorisées doivent vibrer en mesure. S'aperçoit-il que Deva débranche la sonorisation de sa chambre, il monte la remettre illico.

Elle se rassure. Sa capacité à mordre reste intacte. C'est autre chose qu'elle sent chez lui, quelque chose que les malfaisants de son entourage ont flairé avant elle. Il vieillit. Il est vieux, voilà, c'est dit. Il marche mal, le diabète affecte ses jambes et ses pieds, ses yeux s'affaiblissent. Alors, que lui importe d'être volé, pourvu que rien ne vienne entraver son bonheur à se réveiller chaque matin. À peine le pied à terre, il ouvre grand sa porte sur la mer et savoure l'air : il est vivant. Quand il fait très froid, il passe un gros pull sur ce qui lui sert de pyjama. Fait son lit au carré et y installe les coussins. Il crie alors dans une langue incompréhensible, sorte de « charabiè » à la Artaud, à moins qu'il ne mette un CD d'opéra ou une chanson de Cesária Évora, parce que le Cap-Vert qu'elle chante ressemble à Mineras – « Petit pays, je t'aime beaucoup / Petit, petit, je l'aime beaucoup ». C'est dans un bain de *bel canto* ou de rythmes chaloupés qu'il se hâte vers sa cuisine, avec un ou deux pas glissés cha-cha-cha, pour préparer sa « bouillie de chat », comme l'appelle Deva. Du lait chaud dans lequel il émiette tout ce qui lui passe sous la main. Il boit son bol comme un enfant. Le matin, c'est sacré, il est vivant.

Inutile d'empiéter sur son territoire, ni de lui faire des réflexions sur le contenu assez peu ragoûtant de son bol. Dans son lit, il a organisé sa journée. D'un coup, il file dans son atelier ou saute dans sa voiture, prenant à peine le temps d'enfiler des claquettes. Qu'a-t-il en tête ? Lui seul le sait. Une ou deux heures plus tard, Deva le trouvera penché sur un ouvrage. Une mantille à peindre pour une amatrice de corridas. Ou peut-être la commande d'une nappe brodée pour une belle amie qui lui apportera en échange des fruits de son jardin, de la soie, une cactée rare. À moins qu'il s'attelle au réaménagement complet d'une pièce. Il court d'une occupation à une autre. N'a jamais su faire que plusieurs choses à la fois.

Un jour qu'il se plaignait à un voisin qu'il avait été élevé seul et sans parents pour le guider, c'est son antienne, son interlocuteur lui avait répondu qu'il ne serait sans doute pas cet homme solide et content d'être ce qu'il est, s'il avait eu père et mère. Pas faux, avait-il reconnu, rapportant cet échange à Deva. La fierté de s'en être tiré. De la guerre et de tout. D'avoir tracé le trait de sa vie contre les normes, les us et les bonnes mœurs. Deva le voit pourtant se détacher du monde. Et même s'éloigner d'elle. S'il croit en un dieu, c'est seulement en celui qui a créé la nature de son enfance piémontaise.

Courir dans le ciel

Annibale avait douze ans et une amie de cœur. Quand ce n'était pas lui qui la cherchait, c'était elle. Elle s'appelait Louise, et elle était blonde, blonde, blonde, écrit-il dans une des premières pages d'un carnet destiné à Deva. Ils partageaient des courses à toute vitesse. Couverts de sueur, se rafraîchissaient en s'étendant dans les prés. S'ils étaient près du ruisseau, Louise enlevait sa culotte, la trempait dans l'eau froide avant de la remettre tout humide. Il riait et elle aussi. Main dans la main, ils reprenaient leur course, récoltaient des fleurs, des pierres, des feuilles. « Nous n'étions pas sur terre, nous avions l'illusion d'être dans un autre monde. De courir dans le ciel. Où est Louise aujourd'hui ? Aurait-elle encore envie de courir ? Quand j'étais petit, il existait un amour entre moi et le monde. Je grandissais sur la terre comme un arbre droit avec des longues racines. »

Il possède un théâtre de marionnettes, des soldats de plomb à foison, mais les jeux qu'il préfère sont ceux qu'il cache. Piquer les os de seiche des canaris de sa grand-mère. Glisser dans les pages de son livre favori des feuilles de châtaignier, toutes transpercées de fines broderies. Dissimuler des pierres qui brillent, des boutons et des morceaux de bois et tant d'autres objets avec lesquels il invente son monde d'enfant.

Plus âgé, il écrit qu'il « se sent arbre » et imagine la vie qui serait la sienne s'il était né branche très feuillue. Ou bien chat. Quand il avait douze ans, un matou tout noir le suivait partout. Et de conclure son texte : « C'était un temps heureux. » Annibale, l'orphelin qui pleure. L'orphelin qui rit. La liberté de son enfance l'a façonné pour la vie. Et plus que la nature, l'espace illimité qu'il explorait à toutes jambes.

Annibale ne conduit plus que dans les rues de Mineras et alentour. Malgré sa peur de prendre l'avion, il décide de venir à Paris. Pour elle, arrivée par hasard dans sa vie, il s'y risque. Il veut la voir chez elle, dans la grande ville, et connaître sa famille. C'est son côté vieille Italie. C'est aussi le besoin de savoir qui le pousse, presque de vérifier. Et si elle mentait aussi bien que lui ? À Orly, il arrive tête baissée, prêt à charger un ennemi invisible, avec un petit sac dans lequel il a entassé des affaires pêle-mêle. Dix jours passent pendant lesquels il a réaménagé l'appartement de Deva, réglé électricité, robinets et chauffage. S'ennuie-t-il ? Deva part tôt, rentre tard. Alors qu'ils font des achats dans une des rues les plus encombrées de Paris, il murmure d'une voix blanche qu'il ne peut plus respirer. Deva le voit en effet suffoquer sur place, mais plus que ça, elle sent sa folle et extraordinaire énergie se dissoudre dans la cohue. Il est en pays hostile. En piaffant, il avance son départ.

Deva, bien qu'habituée des grandes capitales du monde, et ne s'en lassant pas, voue à la mer un amour immodéré, à condition que la plage soit déserte, sauvage. Deux parasols la font fuir. Mineras l'enchante, elle s'y sent chez elle. Face à la Méditerranée, envisagerait-elle de vivre et de vieillir ? En ville, les personnes de l'âge d'Annibale lui paraissent engluées dans des habitudes accumulées au fil des ans. Comment se renouveler, âgé, dans une mégapole sans refaire en moins bien ce que l'on a déjà prouvé ? Le sentiment si fort, et même enivrant, qui est le sien d'avoir eu la chance d'appartenir à ce cercle privilégié qui sort le soir pour se rendre au théâtre, regarder de la danse, écouter de la musique, se nourrir d'expositions et de films, s'atténue. Changer de vie ? Plutôt lui trouver d'autres perspectives sans crainte d'accueillir ce que l'on ne connaît pas. Chercher son désir, réveiller ses rêves oblitérés. La vie a placé Mineras en travers de sa route. Ce choix aurait du sens, mais ira-t-elle ? À chaque fois qu'elle quitte Paris, elle se dit souvent, tiens, c'est bête, je vais rater ce film, ce peintre que j'adore ! Indécrottable idiotie parisienne ? La ville voisine de son village espagnol, depuis le tournage de *Lawrence d'Arabie*, est devenue un demi-siècle plus tard une cité portuaire et universitaire pleine de vie qui compte deux cent mille habitants. Une ville élégante dans ses moindres détails. Les femmes sophistiquées. Et, suffisamment inhabituel pour être souligné, des couples de tous les âges déambulent en se tenant la main. Raffinement d'une ville très ancienne, fondée sur le cosmopolitisme, les échanges commerciaux, le mixage des populations. Une sorte de quiétude humaniste qui remonte à loin et qui apaise. Une ville revenue de tout, y compris de la grande pauvreté qu'elle connut au milieu du XXe siècle. Des poches de misère subsistent, mais pas plus que dans n'importe quelle ville européenne aujourd'hui. Et Grenade est à une heure de route. Séville toute proche.

Si Deva devait se transplanter à Mineras, elle y voudrait un bungalow avec une large baie ouverte sur la mer pour dormir avec les vagues et dès l'aube entendre les deux notes monotones de l'oiseau qui niche tout en haut des palmiers et dont elle oublie toujours le nom.

L'enleveur enlevé

Chacun son tour. À Annibale d'être enlevé. C'est Pao, son fils, qui est passé à l'acte. « Il était temps, dit-il à Deva. Quand je suis venu fin septembre, j'ai mis mon père dans la voiture, espérant qu'il tiendrait le coup. Il était d'accord pour que je le ramène à Turin. » Des propos qui laissent Deva abasourdie.

Le fils a enlevé son père. Comme le ténor, sa grand-mère. Et Annibale, sa deuxième épouse. Deva a en tête l'image de Pao, fort, costaud comme son paternel, jetant Annibale sur son épaule. Et hop ! Retour en Italie, au bercail, sur les terres ancestrales de la famille. Non, Deva n'a rien vu ! Annibale ne lui a rien dit. Bien sûr, elle avait remarqué depuis une année ou deux ces longues conversations téléphoniques avec l'Italie, mais elle n'écoutait pas. En fait, il avait renoué avec la mère de Pao. C'est chez elle que le fils a installé son père.

Comment a-t-elle pu être à ce point aveuglée ? Début septembre, elle était encore à Mineras. Oui, il était affaibli, mais elle croyait qu'il s'agissait de son diabète qu'il ne contrôlait plus. Bien sûr, elle voyait les regards que jetaient sur leur couple étrange les clients du restaurant mitoyen où elle s'appliquait à l'emmener presque tous les jours vers 13 heures, l'habillant correctement, lui mettant des chaussures. Pas utile, fille, disait-il, mais il se laissait faire. Il avait encore de l'appétit. Bien sûr, il avait été hospitalisé dans le courant de l'année. Bien sûr, au cours de son dernier séjour, cet été, elle l'avait accompagné à l'hôpital de la ville voisine pour un rendez-vous. Oui, maintenant, elle réalise mieux les causes de la très forte fièvre qui s'était emparée de lui en dix minutes, dès leur retour de la consultation. Annibale ne parlait plus, il était écarlate. Elle avait paniqué, mais sans jamais penser qu'il pouvait mourir, non, pas lui. Des heures au téléphone à essayer d'obtenir le médecin de l'hôpital. En vain. Avec du paracétamol, c'est tout ce qu'elle avait, elle ne l'avait pas quitté de toute la journée et la fièvre avait disparu comme elle était venue. Il s'était remis. Puis, elle était rentrée à Paris. À cause de son diabète et maintenant de son grand âge, une surveillance médicale avait été organisée autour de lui, mais sans personne à demeure, il n'aurait pas supporté.

Deva soudain revoit d'autres scènes. Un été, elle l'a découvert le crâne rasé. Ça lui va bien ! Tout le monde le complimente. Il se laisse admirer. Oui, il a maigri, mais ne le souhaitait-il pas, lui qui avait toujours été assez fort ? Ses trois frigidaires sont encore pleins de cochonneries garanties sans sucre. Chaque jour, il se pique un doigt pour mesurer son taux d'insuline, et chaque jour il devient furieux à la lecture du résultat, recommence une autre fois, on ne sait jamais. Annibale va mourir. Merde ! Deva n'a rien vu. Il ne lui a rien dit. Mais est-il seulement au courant ?

Lors de son hospitalisation, qui a duré un bon mois entre mars et avril, il a dessiné chaque jour et lui a fait cadeau de ses croquis rangés par dates dans un grand classeur. Sur la couverture, il a écrit : « À Deva, soixante jours d'hôpital, le vieil Annibale. »

« Tiens, fille, un souvenir, si ça t'amuse ! » Voulait-il la mettre sur la piste ? Lui confier ce dernier document, comme une conclusion à tous les récits qu'il lui a faits ? Elle sera sa biographe, son archiviste. C'est le plan, inconscient ou pas, qu'il avait dès le début. Petit à petit, il a exfiltré sa mémoire vers elle. Il a confiance. Sa généalogie sera désormais française. Si elle a engrangé beaucoup d'événements de sa vie, lui, que connaît-il de la sienne ? Il lui suffisait qu'elle soit à Mineras. Et qu'elle l'écoute.

Dans ses dessins d'hôpital, il y en a un intitulé *Mensonges publicitaires*, rempli de paquets de biscuits sur lesquels les mots « sans sucre » voisinent avec une tête de mort. Embusqué dans le bas de la page, un personnage explose les paquets avec une mitraillette. Quelques dessins toutefois expriment sa peur. Celui d'un cauchemar où des cafards le mangent. Un cercueil porte le numéro de sa chambre, avec pour tout commentaire : « Je sais que là-haut, il y a un ange qui m'attend et qui s'appelle Carlotta. » Son amie Carlotta, propriétaire de la villa d'été où David Lean fut reçu selon toutes les règles de la convivialité andalouse.

Un croquis parle de son manque de potassium. Un autre représente l'invention d'une sorte de chariot-grue pour soulever les malades et met en avant, une fois de plus, Annibale l'ingénieux, qui en toutes circonstances tente de faciliter les tâches quotidiennes. La peur et la drôlerie alternent. Entré à l'hôpital le 15 mars, il y fête ses quatre-vingt-huit ans à la fin du mois. En guise de cadeau, il s'offre le dessin d'un bouquet de bleuets qu'il accompagne de deux femmes qui se tiennent debout à son chevet. Est-ce Chimène accompagnée de Sidonie, la femme rock'n'roll qu'il aime tant, si patiente avec lui ? Elles deux se sont relayées auprès de lui lors de cette longue hospitalisation, puis se sont chargées de le ramener à Mineras. Pendant les vacances de Pâques, Sidonie est restée quelque temps pour s'assurer qu'il allait mieux. Et Chimène ? Si elle avait senti Annibale en danger, n'aurait-elle pas passé un coup de fil à Deva ? Le 17 avril, son fils, qu'il surnomme « El Commandante », vient le voir. Un dessin témoigne de la date.

Supposons que les deux maladies se soient superposées, l'une masquant l'autre. Mais Chimène n'en démord pas : Annibale était soigné pour son diabète. Après son départ précipité pour l'Italie, qu'elle a vécu comme un enlèvement, elle l'a appelé, un mot de lui et elle partait le chercher en voiture pour le rapatrier. Elle n'accepte qu'avec difficulté qu'il ait pu quitter Mineras, sa maison et tout ce qu'elle contenait sans lui laisser de consignes. Et ne comprend pas davantage pourquoi Pao n'a annoncé la mort de son père que plusieurs semaines après l'enterrement.

Deva part pour le Piémont

De Turin, le village natal d'Annibale est distant d'une trentaine de kilomètres. Quelques rues entre vallée et montagne. Pao, accompagné de ses deux jeunes fils, vient chercher Deva à la gare. Bien qu'il pleuve à n'y rien voir, on est en novembre, elle sait qu'elle va aimer cette ville, son fleuve qui roule une boue menaçante, vert-de-gris. Les quais tristes, déserts. Elle ne se rappelle plus si c'est cette fois-là, alors qu'il la dépose dans un hôtel qu'il a retenu pour elle, qu'il reste debout dans l'entrée à lui déverser soudain tout le mépris que lui inspire son père. Un menteur, un imposteur, intéressé par les gens à condition qu'ils soient riches ou célèbres. Deva, un peu assommée, écoute. Oui, elle sait combien Annibale peut être égoïste. Cette giclée filiale administrée dans cet hôtel situé à l'intersection de deux bretelles d'autoroute, c'en est trop pour elle. La prochaine fois, elle réservera elle-même en centre-ville. Turin est si belle.

Sur les pas de la jeunesse de son ami, elle souhaite se sentir légère et ouvrir grand les yeux, loin, très loin des névroses familiales.

Elle reviendra le voir à quatre reprises, prenant à chaque fois avec une même émotion le train qui grimpe au-dessus de la vallée. Un matin, plongée dans ses pensées, elle a même manqué l'arrêt. Quand il était petit, c'est ce paysage, cette nature qui a rendu si heureux, si malheureux, celui qui, au bout du compte, a été, est toujours le vieil homme de sa vie.

« Enfant, j'avais des longs pleurs sans raison, étranges pour les autres, mais pas pour moi. Il m'était pourtant facile de retrouver le sourire si quelqu'un me racontait des histoires pour calmer mon cœur petit, petit et épouvanté », lui a-t-il écrit, il y a plusieurs années maintenant. Annibale n'a jamais su résister aux histoires bien contées. Elles tressent la matière de sa vie, elles le bercent, lui ôtent le chagrin. Qu'importe qu'elles soient vraies ou inventées. Et tout autant que les histoires, la nature possède ce même pouvoir de le consoler. « Dans les arbres presque noirs, il y a le souvenir de la nuit. Il y a de rapides vols d'oiseaux encore endormis. J'ai ouvert les mains pour sentir le premier soleil me caresser les doigts. Il y a une odeur de foin coupé. J'ai mis l'oreille contre la terre et j'ai cru sentir l'infinie vie battre au rythme de la mienne, et alors je ne me suis plus senti seul et surtout j'étais sûr d'être vivant, en moi entraient la paix et la félicité du jour à venir. » Dans tout ce qu'il dit, écrit, peint ou sculpte, dans tout ce qu'il met en chantier et réalise, et à chaque moment de sa vie, chaque jour, chaque seconde, et même quand il dort avec sa couverture tirée sur la tête, qu'il rêve ou cauchemarde, c'est son enfance qu'il s'obstine à débusquer.

Si Deva devait parler de son enfance, elle serait bien embarrassée. Ce qui revient peut-être au même. Avoir un trop-plein à expulser, comme Annibale. N'avoir pas assez à se rappeler, comme elle.

La première fois qu'elle arrive au village où vit Lucia, la mère de Pao, Deva ne trouve pas Annibale chez elle, il est à l'hôpital pour des examens. Lucia a cuisiné un déjeuner aussi roboratif que raffiné et bienvenu ; une neige glaciale tombe et recouvre les rues. Les deux femmes s'en tiennent à quelques échanges prudents. En fin de journée, elles se rendent au chevet du malade. Est-ce parce qu'elle a troqué son tablier de cuisinière à bretelles bordées de volants pour une jolie robe noire en laine, affleure soudain sur son visage aux traits décidés l'ombre de cette belle jeune fille sauvage dont Deva avait admiré la photo dans la maison de Mineras. Dans une vaste chambre qu'il partage avec deux hommes, Annibale, fidèle à lui-même, fanfaronne, fier d'avoir deux femmes à son chevet, dont une venue exprès de Paris. Deva ne lui trouve en rien l'air d'un mourant. Un mois à la montagne et la bonne cuisine de son hôtesse l'ont ragaillardi. Il va s'en tirer, non ?

Le soir, Lucia a prévu d'inviter Deva au restaurant, pressée de livrer sa version des faits à cette femme inconnue, qui a été proche du père de son fils ces dix dernières années. Si l'avalanche de ses souvenirs concorde peu ou prou avec ce que Deva connaît déjà, Annibale a cependant omis une seule chose : la souffrance subie. Celle de l'amoureuse. Celle qui a donné naissance à ce garçon qu'il désirait tant. Celle qui est attaquée par la maladie depuis qu'elle est devenue mère. Qu'elle accepte qu'il revienne mourir chez elle, est-ce une victoire ? Ou une vengeance à visage charitable ? Deva écoute Lucia lui parler d'Annibale. Elle étouffe. Elle ne juge pas. Elle étouffe. Boit du vin, un rouge âpre de la région de Canavese, glisse quelques mots. Constate que le malheur ne s'oublie pas.

Annibale fait un rêve

Ici, en Italie, il semblerait que Deva soit la seule à ne pas avoir été au courant de l'état de santé d'Annibale. Quelque chose ne colle pas, mais quoi ? Elle ne le saura jamais. Avant qu'elle commence ses allers et retours vers Turin, à peine installé chez Lucia, il lui envoie un poème en vers libres, inspiré du rêve qu'il a eu pendant le voyage de retour, conduit par son fils. Voyage qui lui a semblé « ne jamais devoir finir », précise-t-il en préambule.

Je devais attendre des médicaments,
J'étais allongé sur un lit
Ai-je rêvé ? Je ne sais pas.
Il y avait 37 personnes toutes vêtues de noir
Qui couraient partout comme des folles
Elles se rencontraient, elles se saluaient
Toujours sans sourire.
Je demandais qui elles étaient
Toutes elles attendaient des médicaments
Mais des médicaments il n'y en a que 36
C'est pour ça que toutes elles courent.
Le numéro 37 devra attendre l'année prochaine.
En face de moi un monsieur vêtu de noir
« Toi, tu es le numéro 37 ! »
Je m'allongeai une autre fois sur le lit
Et m'endormis.

Allez, fille, viens, on va s'amuser

C'est le mois de mars, mois de la naissance d'Annibale, le printemps, sa saison préférée. Il a toujours dit qu'il souhaitait mourir le jour de son anniversaire.

Deva entre dans la maison de Lucia. Cette dernière, qui doit s'absenter, prenant à témoin la garde-malade roumaine, a prévenu : « Il est apaisé. Il faut le laisser s'éteindre en paix ! » Un petit groupe de femmes monte la garde, veilleuses funèbres, pas aimables, bouches tordues en présence de Deva. Elle les entend s'interroger : « Mais c'est qui, celle-là ? » Elle n'en est pas certaine, mais croit reconnaître le mot *puta*. Elle est la putain d'Annibale. Ces femmes reprennent *mezza voce* le chœur médisant des hommes qui saluèrent son arrivée à Mineras, murmurant sur son passage qu'elle était une *bruja*, une sorcière. Sans bruit, elle se glisse dans la chambre où repose Annibale et, s'avançant vers le lit, prononce son prénom, tout bas, presque malgré elle. Le visage réduit à l'os, il se redresse tel un ressort et la fixe de ses yeux bleu-blanc avant de retomber sur son oreiller, immobile. Deva a eu le temps de surprendre la lueur d'une expression qu'elle lui a vue si souvent : « Allez, fille, tu es là, viens, on va s'amuser ! » La décharge de ce regard l'étourdit avec tant de violence qu'elle en sursaute, comme frappée par un coup. La garde roumaine l'attrape par la manche, la tire hors de la chambre, comme si elles avaient désobéi aux ordres reçus. Annibale meurt deux jours plus tard.

Deva, qui venait d'arriver à Paris, reprit le train pour Turin.

Éditions Belfond
92, avenue de France
75013 Paris

Canada :
Interforum Canada, Inc.
1055, bd René-Lévesque-Est
Bureau 1100
Montréal, Québec, H2L 4S5

ISBN : 978-2-7144-9395-8
Dépot légal : avril 2020

Composition et mise en pages
Nord Compo à Villeneuve-d'Ascq

FSC
www.fsc.org
MIXTE
Papier issu de
sources responsables
FSC® C003309

Achevé d'imprimer en mars 2020
dans les ateliers de Normandie Roto Impression s.a.s.
61250 Lonrai
N° d'impression : 2001074

Imprimé en France